모든 순간의 향기

모든 순간의 향기

서른 개의 향과 서른 개의 마음

김민경 지음

SIDEWAYS

시작하는 이야기

습도가 높은 장마철로 접어들고 있는 날이라 오늘은 아침부터 바지런히 캔들에 불을 붙였다. 집 구석구석 자리하고 있는 아직 정리하지 못한 자투리 캔들이 이럴 때는 작은 보물 같다. 어디든 손을 뻗으면 나의 향이 있다. 작업실에 출근해서도 마찬가지다. 작업을 위한 준비의 시작은 향을 찾는 것이다. 날씨와 상관없이 아침부터 늦은 밤까지 나와 함께 있어 주는 것은 다양한 향이다.

어느 순간, 내 삶은 향을 빼곤 말을 할 수 없을 정도로 그와 친밀해졌다. 나의 가장 내밀한 친구다. 언제나 곁에 있어 주는 향의 이야기를 쓰기로 결심했을 때, 그래서 나의 하루를 천천히 되돌아보기 시작했을 때 이 당연한 사실을 다시금 깨닫게 되었다. 이 이야기들은 공기나 물처럼 말없이 내 주위를 떠돌고 있는 향들이 나의 하루에 어떤 자극이 되고 위안이 되었는지를 꺼내 보는 시간의 결과물이다.

향은 좋은 자극이 되어 준다. 언제나 새롭다. 나는 아무 일도 일어나지 않는 평온하고 조용한 하루를 보내게 해 달라는 소원을 빌곤 하지만 역시 자극이 있는 순간들이란 즐겁다. 갑자기 운명처럼 나를 자극하는 영화나 음악, 전시를 발견할 때면 짜릿하다. 하지만 표현을 잘 하지 못하는 사람이기 때문에 그렇게 갑자기 다가온 자극들은 어디로 분출되지 못하고 가만히 내 안을 흘러가기 마련이다.

내 마음속 어딘가에 가만히 고여 있던 빛나는 것들은 작업을 하려고 테이블에 앉을 때 생각이 나거나, 또 다른 비슷한 자극 앞에서 떠올라 힘이 커진다. 나의 이야기들이 누군가의 마음속에 고여 있던 좋은 향기를 떠올리게 하는 자극이 되면 좋겠다고 생각했다. 모두에겐 향으로 기억되는 어떤 것들이 있으니 그것을 떠올리는 계기를 만들어 주고 싶었다. 그런 마음으로 마음속 일기장을 꺼내 보았다.

향은 온기를 가진 위로다. 지친 날의 끝에, 힘이 솟지 않는 하루에, 어딘가에 기대고 싶은 순간에 내 곁에 있었다. 향은 언제나 따뜻하게 나를 안아 주었다. 나는 종종 그 위로에 힘을 얻어 언어로 표현할 수 없는 수많은 이야기들을 향 속에 담곤 했다. 지친 마음을 위로받은 뒤엔 매일 새롭게 향을 배우고, 즐기고, 사람들과 나눈다.

예민한 사람만이 향과 가까이할 수 있다고 생각하는 사람들이 많다. 향을 챙기는 것은 특별한 순간을 위한 이벤트 같은 것이라고 믿는 사람들도 있다. 하지만 향은 그렇게 유난스러운 것만은 아니다. 그저 매일을 함께할 수 있는 일상 같은 것이다. 누구든지 즐길 수 있는 작은 사치다.

향기에 둔해서 즐거움을 모르겠다고 말하는 사람들도 작업실 문을 열고 들어오면 좋은 향기가 나는 곳이라고 느낀다. 향이 있는 공간이라 마음이 편해진다고 말한다. 그리고 그곳에 있는 나도 향이 난다. 나뿐만이 아니라 내가 머물고 있는 집과 작업실을 채우는, 크고 작은 모든 물건에 모두 향이 스며 있다. 발향하는 물건이 아닐지라도 이 자리에서 천천히 향에 물들었기 때문일 것이다. 그 속에서 나도 함께 향에 물들어 간다. 차곡차곡 향이 쌓이는 사람이 되어 간다.

누군가의 하루도 나처럼 향기롭게 물들었으면 하고 바란다. 작지만 강한 향기의 힘을 널리 알리는 사람이고 싶다. 그런 마음을 글자로 기록하고 싶었다.

"어떤 향이 좋을까요?"

향을 빚어내는 일을 하면서 가장 많이 받곤 하는 질문이다. 많이 받는 만큼 항상 고민하게 된다. 마법사처럼 딱 맞는 향을 골라 주고 싶기도 하지만, 마음속으론 이런 대답을 떠올린다.

"당신의 기억에 다가오는 향이 좋은 향이에요."

이 글에는 나와 가장 가까이하는 서른 개의 향에 서른 개의 마음을 담았다. 향을 품고 있는 오일들의 이야기이기도 하다. 어떤 효능을 가진 오일인지를 장황히 설명하기보다, 그 오일에 담긴 나의 이야기를 펼쳐 놓았다. 나의 기억이 담긴 향들의 이야기를 읽으면서 낯선 오일이 어떤 향인지 상상해볼 수 있으면 하는 마음이다.

나의 이야기를 따라가며 향이 가진 이미지를 느낄 수 있는 시간이 되면 좋겠다. 내가 떠올린 것처럼 지나간 날들에 묻어 있는 각자의 향을 발견할 수 있게 되면 좋겠다. 혹은 더 끌리거나, 향기를 확인해 보고 싶은 오일이 생기면 좋겠다. 그렇게 가까이 다가와 떠오른 향으로 오늘을 채우는 것을 돕고 싶다.

우리의 모든 순간엔 향이 있다는 것을 말해 주고 싶었다. 그런 마음으로 차가운 겨울과 따뜻한 봄을 보내며 이야기를 풀어냈다. 뜨거운 여름 햇살 아래 사람들과 완성된 이 이야기를 함께 읽으며, 서로의 향을 나누는 풍경을 상상하면서.

좋아하는 것에 대한 이야기를 나만의 언어로 마음껏 쓰면 된다고 마음을 북돋아 준 도서출판 사이드웨이와 요즘에도 항상 “그래서, 도대체 뭐 하는데?”라며 먼 곳에서 걱정을 잔뜩 쌓아 가고 있는 부모님께 끝없는 감사를. 그리고 내 곁에 있어 주는 모든 따뜻하고 고마운 향기를 가진 사람들에게도.

2020년 7월
향이 있는 작은 작업실에서,
김민경

차례

contents

의미 없이 흘러가는 일상의 곁을 묵묵히 찾아오는 계절은
깜깜한 어둠을 뚫는 한 줄의 빛 같다.
순간의 풍경이 기억의 내음이 된다.

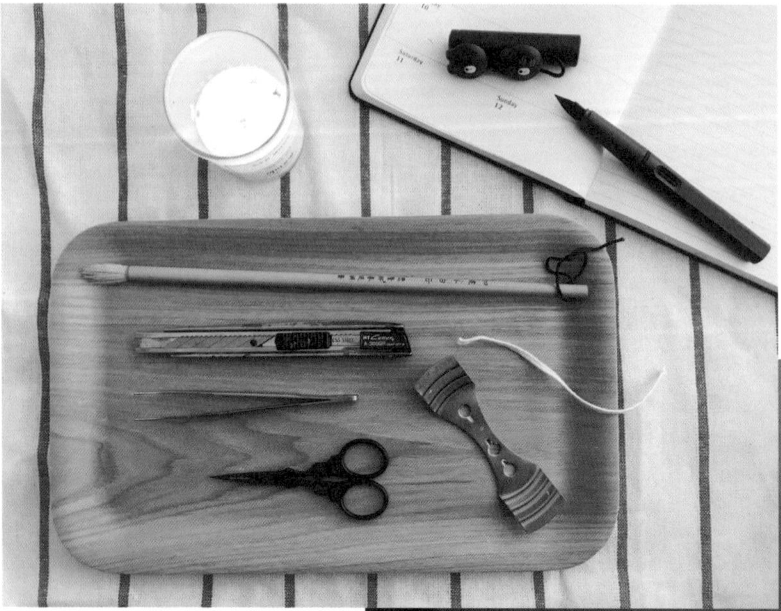
Saturday
11
Sunday
12

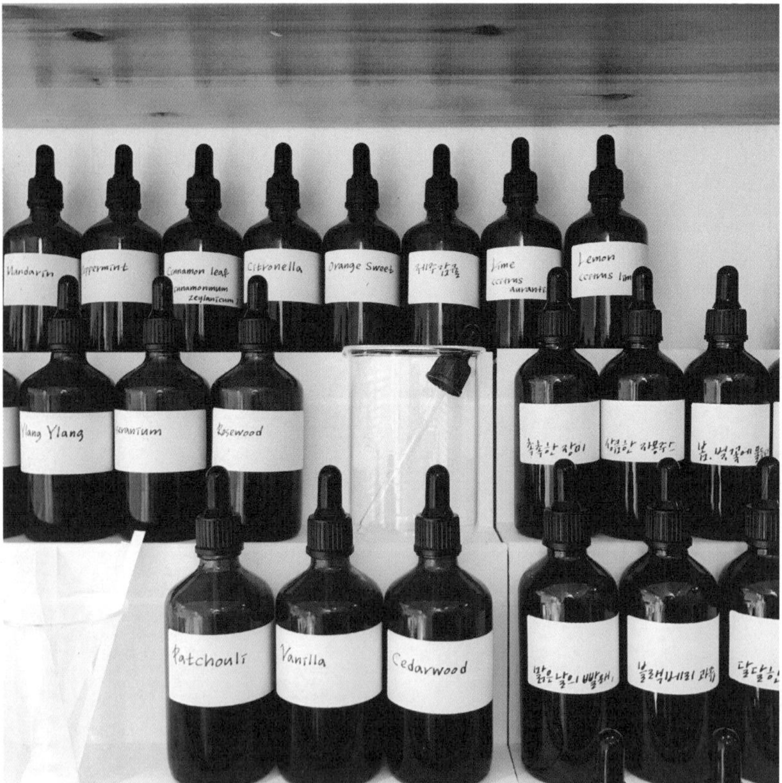
Cinnamon leaf
Citronella
Orange Sweet
Lime
Lemon
Ylang Ylang
Rosewood
촉촉한 장미
상큼한 자몽주스
Patchouli
Vanilla
Cedarwood
맑은 날의 빨래
블랙베리 과육

좋은 향을 만드는 작업, 그것을 나만의 기도로 만들고 싶다.

일러두기

책의 서른 가지 향기 및 에센셜 오일을 일컫는 용어는
표준국어대사전 및 국립국어원의 규정 용례와 각각의 용어가 지닌
어원을 고려해서 외래어표기법에 맞게 표기했습니다.

가장 익숙하지만 낯선,

라벤더 —— Lavender

가장 익숙하지만, 또 가장 낯선 향이 무엇인지 하는 질문을 받을 때가 있다. 혹은 처음 에센셜 오일을 접하는 사람에게 가장 무난하게 추천할 수 있는 향이 무엇인지 하는 질문도 받는다. 내 대답은 거의 늘 라벤더다.

그렇게 생각하는 것은 다른 사람들도 마찬가지인지, 에센셜 오일을 떠올리면 제일 먼저 생각나는 것이 무엇이냐는 질문에 손님들은 자주 라벤더라고 대답한다. 이 향은 우리 곁에 넘친다. 정말이지 쉽게 마주칠 수 있다. 빨래할 때 집어 든 세제나 섬유유연제가 라벤더 향기일 수 있고, 샴푸나 바디워시 같은 목욕용품에도 흔하다. 집에 있는 물건 중에 라벤더 향기를 품은 것들을 몇 개나 발견할 수 있을 정도다.

하지만 생활에서 흔히 맡을 수 있는 라벤더는 조금 더 부드러운 꽃 계열로 합성한 인공적인 느낌일 경우가 많아 실제로 뚜껑을 열면 알고 있던 향이 아니라고 고개를 젓는다. 익숙함에 뒤통수를 맞는 느낌이라고나 할까. 대중적이라고 생각했던 것과는 다른 날것의 향이 낯설고 당황스럽게 다가온다. 대개는 라벤더를 떠올리면 부드러운 꽃을 생각하게 되지만 그에 비해 에센셜 오일은 풀잎의 톡 쏘는 느낌이 강하게 나는 허브 계열이다.

보랏빛 꽃과 꽃대에서 추출하는 라벤더 오일은 무색에 가까운 컬러다. 라벤더는 보송보송하고 부드러운 느낌이 나는 가벼운 꽃 향과, 씁쓸한 풀잎의 향을 모두 가지고 있어서 많은 사람들이 가장 무난하게 선택하게 된다. 블렌딩*에서도 가장 여러 방면으로 사용되곤 하는 에센셜 오일계의 대표 주자다. 아마도 그런 대중적인 성격이 조금 더 부드럽고 접근성이 쉬운 지금의 모습으로 점차 발전했을지도 모르겠다.

익숙하고 무난한 라벤더는 내게 있어 가장 기준이 되는 향과 다름없다. 그래서 컨디션 체크를 라벤더를 맡아 보는 것으로 대신할 때가 있다. 뚜껑을 열었을 때 퍼지는 라벤더 향이 코끝에 신선하고 상쾌하게 다가오는 날이 코의 감각도 예민하고 섬세한 날이다. 가만히 집중해서 오일을 들이마시고

* ——— Blending, 두 가지 이상의 오일을 혼합하여 잘 어우러지는 새로운 향기를 만들거나 오일의 상승효과(synergy)를 높이는 작업.

향의 강약을 잘 체크하는 워밍업이 끝나면 다른 향들도 디테일하게 잘 느껴지는 것 같은 기분이 된다.

편안한 마음으로 잠들 수 있게

라벤더의 효능이 발견된 것은 우연한 계기였다. 1910년경 프랑스 조향사 가문의 화학자 르네 모리스 가테포세(Rene-Maurice Gattefosse)는 화학 실험을 하다가 실험 중에 발생한 폭발로 손을 데었는데 우연히 라벤더 오일이 든 통에 손을 넣었다. 그 뒤 흉터 없이 상처가 빠르게 아무는 것을 보고 라벤더의 치유력을 처음 발견했다고 한다. 가테포세는 아로마테라피(Aromatherapie)라는 단어를 만들어낸 장본인이다. 그가 말한 아로마테라피의 의미는 전통적인 약의 테두리 안에서 질병 치료를 돕기 위해 사용할 수 있는 에센셜 오일 치료였다.

더 거슬러 올라가면 중세 로마에서는 라벤더를 'Lavendul'라는 이름으로 불렀는데, 이것은 '씻어내다'라는 뜻의 라틴어 'lavare'(혹은 'lăvo')에서 유래한 말이라고 한다. 일찍이 로마인들은 라벤더의 소독 작용을 높이 사서 이 향유를 대중목욕탕에 넣어 목욕하거나 상처를 씻어내는 치료제로 썼다고 한다.

오랜 시간 치유와 진정의 역할을 담당해 온 라벤더. 지금에 와서는 피로 회복과 숙면, 심신 안정에 도움이 된다고 평가된다. 특히 많은 사람들 앞에 서야 해서 두근거리는 순간 집어 들어 킁킁거리면 기분이 편안해진다. 라벤더에 함유된 리나롤(Linalool) 성분이 심리적 이완 작용을 도와 스트레스를 억제하는 효능이 있기 때문이라고 한다.

휴대용 향주머니에 라벤더가 종종 쓰이는 것은 이런 이유이기도 하다. 프랑스어로는 샤쉐(sachet), 동양에서는 향낭(香囊)이라고도 불리는 이것은 작은 주머니에 말린 꽃이나 허브를 넣어 만든다. 동서양을 막론하고 각자의 옷 주머니에 넣거나 외투에 달아 벌레를 퇴치하거나 몸에서 좋은 냄새가 날 수 있게 품는 용도로 사용했다. 중세 유럽에서 흑사병이 돌 때는 이 병에 감염될 수 있는 공기나 악취를 피하기 위해 흑사병 주머니(plague-bag)라고 불리는 향주머니를 목에 걸고 다니기도 했다. 지금은 휴대용이라기보다는 옷장이나 자동차 같은 좁은 공간에 향을 퍼트리기 위한 목적으로 더 많이 사용한다.

마음을 편하게 하는 힘이 있는 라벤더 오일 램프를 침실에 놓아두거나 침대 옆 테이블에 올려놓으면 그 존재만으로도 편안한 느낌이 든다. 여행을 하거나 낯선 공간에서 잠을 자야 하는 밤에 라벤더가 함유된 스프레이를 이불이나 베갯잇에 뿌리면 기분이 편안해지면서 쉽게 잘 수 있게 도와주는 밤의 친구 같다. 언젠가 친구에게 선물 받은 수면 인형에서 이상하게 자꾸 라벤더 향이 가시질 않아 인형을 잘 살펴보았더니 안쪽에 라벤더가 가득 담긴 작은 향주머니가 있었다. 인형도 사람처럼 작게 향낭을 품고 있었다. 한편으로는 침실에서 빠질 수 없는 존재이구나 싶어 배시시 웃음이 났다.

사실 혈압이 낮은 사람에게는 권유하지 않는 편이라 나에게는 기피해야 할 오일 중 하나이기도 한데, 가끔 너무 잠이 오지 않아 눈이 동글동글 반짝이는 날에 라벤더 초를 켜 놓으면 온몸에 힘이 빠지면서 스르륵 잠이 든다. 그래서 나는 숙면의 소망을 담아 라벤더와 스위트오렌지, 베르가모트를 블렌딩한 오일을 '잘 자요 오늘 밤'이라고 부른다. 피곤한 하루를 보낸 사람들의 침실 한편을 부드러운 빛으로 채우고 싶다.

부드러운 보랏빛의 무난함

나는 친구들에게 무채색 인간이라는 이야기를 들을 정도로 색이 다양한 물건에 손이 잘 가지 않는다. 보통은 베이지나 회색 톤의 옷을 즐겨 입는 편이고, 진한 회색이나 검정의 소품들이 많다. 패턴이 있는 옷도 싫어해서 화려한 패턴의 옷은 하나도 없는 편이고 무채색 조합의 스트라이프를 좋아한다. 전체적으로 차분한 톤에 작은 디테일이 살아 있는 물건들에 관심이 쏠린다.

하지만 왠지 귀엽고 다양한 컬러의 물건들을 선물 받는 편이고, 그런 것들을 잘 쓰거나 어울릴 사람이라고 오해받는다. 알록달록한 카드 지갑을 선물 받아 들고 나갔던 날엔 친구들이 "직접 산 건 아니지?", "널 잘 모르는 사람이 줬나 봐?", "너에겐 낯선 물건이다." 하는 이야기를 해 대서 다 같이 웃음이 터지기도 했다. 뜨개질 수업을 위한 샘플 작업엔 대부분 회색 베이스의 실이나, 회색과 잘 어울리는 채도 낮은 컬러가 쓰이는데, 다른 사람들을 위해 좀 색이 있는 작업을 해 보라고 지적을 받기도 했다.

무채색을 주로 고집하는 나와는 달리, 제일 좋아하는 색이 무엇이냐는 질문에 언제나 보라색을 말하는 친구가 있다. 보라색이 너무 잘 어울리고 항상 보랏빛 컬러의 소품들을 지니고 있는 이 친구는 주위 사람들에게 보라색 선물을 받는 일이 많다. 그녀의 취향을 알아주는 고마운 선물들일 테다.

하지만 문제가 한 가지 있는데 이 친구는 보라색은 좋아하지만 라벤더 향기는 싫어하는 사람이라는 것이다. 사람들이 친구가 좋아하는 색의 패키지나 라벨을 골라 선물을 해 주면 라벤더 계열의 향기를 품고 있는 경우가 많아 난감할 때가 있다고 한다. 보라색을 좋아하니까 당연히 라벤더도 좋아하겠다, 라고 당연하게 건네 오는 이야기가 때로는 싫기도 하단다. 사람들이 보라색을 떠올리면 자연스레 라벤더가 떠오르는 것은 색과 향을 조합하는 요즘의 디자인 추세 때문이다. 컬러는 대표적인 시각적 요소 중 하나로 시선을 끌 뿐 아니라 이미지나 향기를 기억시키는 역할도 함께 한다.

그렇기 때문에 혹시 무의식중에라도 향과 색을 동일시하

는 선택을 하는 건 아닌지 조심해야 한다. 보랏빛의 라벨이 라벤더로 인식되는 것처럼 진한 핑크빛은 장미와 같은 플로럴 계열, 녹색은 허브 계열, 연한 노란빛은 레몬 같은 시트러스 계열로 쉽게 연상된다. 상대방이 좋아하는 컬러의 선물을 할 때엔 향도 주의해서 보게 된다. 선물로 선택한 제품이 진한 향의 물건인지, 상대방이 향에 민감한 사람인지 아닌지도 함께 생각하게 된다.

작업실에서도 종종 함께 선물을 골라 달라는 제안을 받게 되는데 그럴 때마다 제일 먼저 꺼내는 말은 "선물 받으실 분이 캔들을 즐겨 쓰시는 편인가요?"이다. 자주 쓰는 사람이었던 것 같다는 답이 돌아오면 다채로운 향의 캔들을 추천하지만 자주 쓰지는 않는데 꼭 캔들을 사 주고 싶다고 하면 무난하고 어떤 오일인지 확실히 알 수 있을 것 같은 단일 향을 추천하게 된다. 그때 권할 수 있는 것이 누구나 금방 어떤 느낌인지 떠올릴 수 있고 강하지만 부드러움을 가진 라벤더다. 친구처럼 라벤더를 꺼리는 성향의 사람은 아니겠지, 하고 속으로 빌면서 말이다. 캔들을 사주는 게 좋을지조차 망설여지는 사람들에게는 불을 붙이지 않아도 가까이 향을 접할 수 있는 작은 방향제 같은 것들을 제안한다. 작은 선물이라도 상대방에게 꼭 맞는 것을 추천하고 싶은 마음이기 때문이다.

낯설더라도 나만의 빛으로

내 작업실엔 예쁜 상태의 꽃들이 넘친다. 새벽 꽃 시장에 달려가 색색의 예쁜 꽃을 구해 와 말려 두고 있기 때문이다. 바삭하게 잘 마른 꽃과 잎으로 캔들을 장식하기도 하고, 성질이 다른 왁스를 섞어 단단해진 표면에 드라이플라워를 올려 방향제를 만들기도 한다. 라벤더 캔들을 만들 때에도 잘 말린 라벤더 드라이 허브를 올려 장식한다. 캔들 왁스가 녹으면 드라이 라벤더가 표면에서 동동 뜨며 우아하게 춤을 추는 것 같아 캔들 빛을 보는 일이 재미있다. 왠지 예쁘게 말리는 일에는 성공도가 높아서 가끔 화학제품에 담근 프리저브드 플라워보다 더 예쁜 색의 드라이플라워를 사용할 수 있을 때도 있다.

작업실엔 눈길 닿는 곳마다 꽃이 있어 꽃집이냐는 오해를 받기도 하고, 꽃을 좋아하거나 채도가 높은 사람일 거라고 사람들에게 비쳐지기 마련이다. 의외로 나는 꽃을 생생하게 관리하는 것을 잘 못 하는 성격이고 식물 킬러에 가깝기 때문에, 나를 위한 꽃이나 식물을 쉽게 잘 사는 사람도 아니다. 작업하는 곳에 어울릴 것 같다고 다양한 종류의 식물을 선물 받았지만 몇 번의 계절을 넘기지 못하고 죽는 모습을 바라봐야 했다.

"나는 살리는 것보다 죽이는 걸 더 잘하는 사람인가 봐. 예쁘게 말릴 수는 있는데 오래 살려둘 수는 없는 사람인가

봐." 하는 내 푸념에 친구가 "죽여서 더 예쁘게 새로운 생명을 불어넣어 주잖아. 그건 너밖에 못 하는 거니까."라고 해 주어서 라벤더 오일을 바른 사람처럼 마음이 씻기며 치유되는 기분이 되었다.

나는 늘 향을 곁에 두지만, 향수는 쓰지 않는다. 색이 넘치는 작업을 하지만 대개 무채색의 인간에 가깝다. 작업실은 다른 공간들처럼 생글한 식물이 가득하진 않지만 자연히 말라 가고 있는 고운 색의 꽃들로 채워져 있다. 당연하거나 익숙할 것들을 생각하고 기대했던 사람들에게 나와 내 공간은 낯선 곳일 수도 있다. 하지만 이 공간에 오는 사람들의 마음이 편하면 좋겠다. 처음은 강하고 낯설지라도 계속해서 맡으면 부드럽고 사랑스러운 라벤더처럼.

이걸 혼숫감에 숨겨 두세요, 아가씨.
머리끝에서 발끝까지 사랑스러운 향기가 흘러,
아가씨의 눈과 볼, 머릿결을 밝게 만들어줄 것입니다.
— 컴벌랜드 클라크, 『꽃 이야기』(1929)

손끝이 간질간질해지는 기억엔,

로즈메리 —— Rosemary

로즈메리를 떠올리면 늘 손끝이 간질간질해진다. 괜스레 킁킁거리며 손끝 어딘가에 있을 촉촉한 풀잎을 찾고 싶은 마음이 솟는다. 어느 날, 바닥에 든든히 뿌리를 내리고 있는 나무들과 크고 작은 화분이 가득한 옥상 피크닉에 초대받았다. 찬 바람이 불기 전에 서둘러 지금의 날씨를 즐겨야 한다며 재촉받은 피크닉이다. 맛있는 파스타를 만들어 주겠다며 바질 잎을 수확하고 있는 옥상 주인의 곁에서 로즈메리 향이 확 하고 날아왔다.

가만히 멀리서 날아오는 향을 느끼다가 본격적으로 로즈메리 앞에 앉았다. 가지를 많이 뻗은 나무처럼 단단히 자란 로즈메리 잎을 손으로 쓸어 본다. 금세 손바닥에서 손끝으로 로즈메리 내음이 물들었다. 로즈메리 같은 허브들은 코를 가까이하고 킁킁거리는 것보단 손으로 잎을 쓸어내 손끝에 남은 향을 맡는 것이 더 진하게 즐길 수 있는 방법이다.

향을 진하게 남기는 이 방법 때문에 로즈메리는 손끝으로 기억되는 것일까. 로즈메리 향은 중추신경계를 자극하는 효과가 있어 뇌를 자극하거나 집중력을 높인다고 알려져 있다. 그래서 기억을 대표하는 허브이기도 하다. 셰익스피어의 희곡 『햄릿』에서 오펠리아는 그녀의 슬픔을 이렇게 표현하기도 한다.

"로즈메리예요. 기억을 뜻하죠. 그대여, 꼭 기억해요."

어쨌든 꼭 기억하고 싶은 즐거운 그날의 피크닉을 촉촉한 로즈메리 잎에 잘 묻어 본다. 다음 언젠가 로즈메리 잎을 손으로 쓱 하고 쓸어내리는 순간 이날의 따스하고 맛있었던 피크닉이 떠오를 것 같다.

초대받은 집처럼 멋진 옥상 정원이 있는 것은 아니지만 한때는 나도 집 안에 종류가 다른 로즈메리 화분을 두어 개쯤 키운 적이 있었다. 로즈메리가 너무 좋아서라거나 잘 자라는 식물이라거나 하는 이유가 아니라, 집에서 고기 요리를 너무 많이 해 먹었기 때문이다. 향이 강해서 요리에는 잘 쓰이지 않을 것 같지만 의외로 잘 어울리는 식물이다. 삼겹살을 구워 먹을 때라거나 큰맘 먹고 산 스테이크 고기를 시즈닝할 때 로즈메리를 한두 가지 꺾어 올리면 고기의 잡내를 잡아주고 맛이 더 풍부해지는 느낌이 된다. 전체적인 완성도를 올려주는 작은 디테일의 힘이랄까.

로즈메리는 양념이 강한 요리, 감자나 호박 같은 채소 구이에도 잘 어울린다. 어떤 재료라도 오븐에 넣기 전에 로즈메리를 한두 개쯤 추가하는 것이 버릇처럼 굳었다. 어디에나 어울리는 만능 허브라 유럽에서는 음식의 풍미를 살리는 데 자주 사용한다고도 한다. 음식뿐 아니라 물에도 사용할 수 있다. 더운 여름이 오면 얼음을 띄운 시원한 물에 슬라이스한 레몬과 로즈메리 잎을 살짝 올리기만 해도 더위가 가실 것 같은 그럴듯한 음료가 된다.

요리를 맛있게 해 먹고 나서 공기 중에 남은 냄새는 로즈메리 캔들에 불을 피우는 것으로 상큼하게 정화된다. 로즈메리를 손으로 쓸어 손에 남은 음식 냄새도 없앨 수 있다. 무엇을 먹었든 손끝에서 간질거리는 로즈메리 향으로 끝난다.

피곤한 마음을 안아 주는

기억에서 완전히 지우고 싶은 날이 있다. 뭘 하겠다는 의지도 없고, 그 어떤 것도 뜻대로 되지 않는 날이 있다. 뭉그적거리다가 출근이 늦었고, 머릿속으로 오늘 꼭 해야지 다짐했던 일들을 하나도 못 했다. 며칠째 미루고 있는지 모르겠다. 이럴 거면 작업이나 좀 해 두자, 하고는 하지 않아도 될 작업을 시작했는데, 설상가상 도중에 사고를 치는 바람에 작업이 모두 원점으로 돌아갔다.

다른 일을 할걸, 그런 마음을 먹지 말걸, 긍정적인 생각으로 머리를 가득 채웠으면 오늘 같은 하루는 아니지 않았을까. 고르지 않고 지나가버린 선택지들을 머릿속으로 굴려 본다. 하지만 이미 다 지나가버린 일들 끝에서 나는 너무나도 피곤하고 지쳤다. 이럴 때 향이 필요하다. 향의 힘을 빌려 모든 나쁜 기억을 다 덮어버리고 싶다.

로즈메리는 이런 날의 끝에 떠오른다. 차갑고 혹독한 겨울을 견디고 작은 새싹을 하나 밀어낸 얇은 줄기의 나무에서 나는 냄새 같다. 무거워진 몸에 정성껏 로즈메리를 얹는다. 로즈메리 향기의 바디워시를 듬뿍 짜서 느긋하게 긴 시간을 들여 샤워하고, 그 후엔 건조해진 피부에 바디로션을 천천히 부드럽게 바른다. 딱딱해진 목 뒤나 어깨, 부어오른 종아리와 뻐근한 손가락을 잘 만져 준다. 그것뿐인데도 샤워 후 침대에 누우면 기분이 편안해지고 잠이 잘 올 것 같은 기분이 든다. 내일은 다시 힘을 내서 뭐라도 할 수 있을 것 같다. 도톰하고 푹신한 이불 속에 향과 함께 갇힌 기분이 든다. 수고했다, 괜찮다는 말 대신 은은한 향에 쌓여 토닥거림을 받는 밤이다. 부드러운 로즈메리와 같은 기분이 된다.

요즘 빠져들어 있는 바디 제품들은 로즈메리와 아니카(arnica)가 블렌딩된 것이다. 아니카는 뭉친 근육이나 피부를 부드럽게 풀어주는 효과가 있다고 알려진 허브 식물이며, 에센셜 오일에 섞어 마사지를 할 때 쓸 수 있는 캐리어 오일이다. 에센셜 오일은 고농도로 농축된 것이라 원액이 지속적으로 피부에 닿는 것을 조심해야 한다. 이런 에센셜 오일을 피부에 사용할 수 있도록 안전하게 희석시켜 주는 오일을 캐리어 오일(carrier oil) 혹은 식물성 오일(basic oil)이라고 한다. 노란 데이지 같은 꽃에서 추출하는 아니카는 무를 반으로 쪼갰을 때 나는 싸하고 씁쓸한 향이 감돈다.

강한 느낌이라고 생각했던 아니카 오일이 로즈메리를 만나 중화되어 연하고 부드럽게, 천천히 퍼져 나간다. 이 두 가지는 근육통이 있거나 피로가 쌓인 몸에 효과가 있다고 알려진 허브이기도 하다. 피곤해진 몸과 마음에 맞춤인 오일들이다.

피곤한 오늘 밤은 부드러운 로즈메리에게 포근히 안긴다.

강하고 상쾌한 익숙함

라벤더만큼이나 우리에게 익숙한 로즈메리 오일은 잎, 꽃, 잔가지를 수증기 증류 방법으로 추출한다. 무색에 가깝거나 살짝 연노랑 빛을 띠기도 하는 오일의 첫 향은 풀 향이 짙고 잎이 가득한 나무의 느낌이지만 시간이 지날수록 촉촉함이 빠지고 건조한 느낌의 나무 향이 된다. 손끝으로 담은 로즈메리와는 또 다른 느낌으로 다가오기 때문에, 언젠가 손끝에 한 번쯤 스쳤을 로즈메리 허브 향을 떠올리며 비교해 보는 일도 즐겁다.

로즈메리는 'Rosemarinus'가 속명이다. 라틴어로 '이슬'이라는 뜻의 'rōs'와 '바다'를 뜻하는 'marínus'의 합성어로 '바다의 이슬'이라는 뜻이다. 지중해 바닷가 지역에서 잘 자라는 로즈메리의 습성을 표현하기도 하지만, 회색 잎들 사이 연한 청색의 꽃이 마치 이슬처럼 보이기 때문이기도 하다. 이름에서 성격이 드러나듯 햇빛이 강하고 물이 풍부하면 잘 자라는 허브 식물이며, 비슷한 다른 허브 중 재배가 가장 수월한 종의 일종이다.

로즈메리는 잘 알려지고, 많이 사용되는 허브 중 하나로 꼽힌다. 예부터 그리스인과 로마인들에게는 신성한 식물 중 하나였고, 사랑과 죽음을 기억하는 표상으로 여겨져 무덤에서도 발견되곤 한다. 또한 병마와 악귀를 물리친다고 믿어 민간요법의 재료로도 많이 사용되었다. 중세 유럽에서 장티푸스가 발병하던 시기엔 로즈메리를 휴대하는 유행이 있었고, 흑사병이 유럽 전역을 휩쓸었을 때도 길가나 마당에서 로즈메리를 태워 그 연기로 살균과 소독을 대신했다.

로즈메리는 일찌감치 향수의 재료로도 사용되었다. '헝가리 워터(hungary water)'는 14세기 말 헝가리의 엘리자베스 여왕을 위해 만들어진 가벼운 화장수 겸 향수인데, 로즈메리와 독한 브랜디를 섞어 증류한 최초의 알코올 베이스 향수이다.

꽃과 잎에서 추출하는 강하고 상쾌한 로즈메리의 향은 뇌의 기능을 활성화시키고 기억력과 집중력을 향상시켜 의욕적인 하루를 시작하는 데 도움을 준다. 심신에 활력을 제공해 피로 회복과 기력 상승에도 효과가 있어 공부하는 학생들이나 과로에 시달리는 직장인들에게 안성맞춤이다.

책상 위에 로즈메리 캔들이나 로즈메리 화분을 하나 살며시 올려놓아 보는 것은 어떨까. 잡생각이 많아지면 손을 뻗어 이파리를 한번 쓰다듬는 것만으로도 위안을 받을 수 있을 것이다. 로즈메리와 페퍼민트, 라벤더의 익숙한 오일들이 만나면 낯설지 않은 느낌으로 묵직하게 찾아오는 두통을 완화시킬 수도 있다.

오늘의 기분을 잘 저장해

마음대로 되지 않고 무겁게 하강하는 기분을 로즈메리로 다스린 다음 날은 왠지 기합이 들어간다. 아침 일찍 일어나서 출근해야지, 출근길에 시장에 들러 재료도 챙기고 어제 하다 만 작업도 마무리해야지 했는데 뭉그적거리다가 또 늦었다. 늦었지만 얼른 시장에 들러야겠다 하고 자동차 시동을 켰는데 하필 또 시내가 막히는지 내비게이션이 낯선 산길로 안내했다. 점차 길어지는 도착 예정 시간을 바라보다가 “아유, 다 안 할래.” 하면서 창문을 활짝 열고 속도를 줄였다. 천천히 구불구불 산길을 드라이브하듯이 달려서 산길 아래에 갑자기 보인 길상사에 내렸다.

포기하지 못한 쫓기는 마음을 안고 조용한 사찰을 걸었다. 머릿속으론 재빠르게 오늘의 일과를 체크하고 시간을 계산하느라 바빴다. 하지만 찹찹한 바람과 따끈한 햇살을 맞으며 잠깐 산책을 하는 동안 세상일이 갑자기 다 무심해지고 잠깐 내려놓을 수 있을 것 같은 기분이 되었다. 졸졸 흐르는 시냇물 소리를 듣고 파랗게 올라오는 새싹들을 손으로 매만지며 손끝에 묻은 푸릇한 향기를 맡는다. 아무것도 되지 않은 어제와 오늘이지만, 예상할 수 없던 즐거움이 생겼다. 조금 전까진 막막하고 답답한 공기였는데, 어느새 코끝이 시원하게 열린다. 손끝에도 머리카락 끝에도 파릇하고 시원함이 묻은 것 같은 기분이 되었다.

이미 늦은 하루의 출발이고, 오늘도 생각처럼 몸과 마음이 움직이지 않을지도 모르겠다. 다 안 할 거라고 고개를 저었지만 작업실 문을 열면 또 쫓기는 기분으로 안 되는 일들을 다 해내려고 바둥거리며 애쓸지도 모른다. 하지만 늦게 시작한 오늘의 끝엔 차가운 바람이, 빛나던 햇살이, 손끝을 간질거리던 푸르른 새싹들의 느낌이 남을 것이다.

그런 오늘의 기분을 잘 기억해 두어야겠다. 좋았던 순간들만 잘 저장해 두고 싶다. 혹여 곁에 혹처럼 남을 아쉽거나 슬픈 감정들은 다시 돌아올 깊은 밤에 로즈메리로 잘 덮어 두면 된다. 그렇게 생각하니 손끝에서 슬며시 힘이 솟아 나는 것 같다.

그립고 애틋하게 흘러가는 계절,

파인 —— Pine

"이거 예뻐서, 너한테 주고 싶어서!"

나에겐 길가에 핀 들꽃이나 새싹이 돋은 가지 같은 것을 가지고 와서 수줍게 내미는 친구가 있다. 계절을 알려주는 고마운 사람들이 있다. 계절의 향을 품은 전령들을 주고받으며 우리는 가까운 사이가 되었다. 우리는 계절을, 향기를 나누고 있다.

빛나는 매일의 시간을 사랑한다. 흘러가는 계절에 박자를 맞추어 어디든 걸어 보는 것을 좋아하는 사람이다. 머릿속이 어지럽거나 마음이 불안한 날엔 아무 소리도 흘러나오지 않는 이어폰을 끼고 천천히 걷는다. 작업이 생각처럼 잘되지 않을 때도 일단 작업실을 나와 정처 없이 천천히 걷는 것으로 기분 전환을 한다.

작업실 윗길을 따라 오르막을 산책하며 나무를 만날 때도 있고, 작업실 앞길을 따라 하천을 보러 가기도 한다. 아스팔트로 정비되지 않은 거친 땅 위를 타박타박 걷는 것도 언제든지 하고 싶은 일이다. 바닥이 얇은 신발을 신고, 울퉁불퉁 튀어나온 돌을 밟거나 보드라운 흙길을 걷는 것이 좋다. 발바닥 아래 땅의 느낌에 집중하면 복잡한 머릿속과 마음도 자연스럽게 잘 정리되는 느낌이 든다. 내내 고민하던 것들도 아무 일 아닌 것처럼 가벼워진다. 이런 산책 같은 산보를 콧바람 쏘인다고 말하는 버릇이 있다. "같이 콧바람 쐬러 갈래?" 하고.

마음속으론 늘 소나무 숲을 걷고 싶다고 생각한다. 들이마시는 공기에 파인의 냄새가 묻어나면 좋겠다고 생각한다. 오일로 추출하는 종과는 조금 다르지만, 우리나라 어디서든 잘 자라는 씩씩한 소나무의 냄새가 파인을 닮았다. 소나무 숲에선 계절의 냄새가 난다. 계절의 냄새가 나는 곳들은 어디든 소중한 곳이다.

나에게 계절은 지금이 아니면 안 될 것 같은 것들로 꽉꽉 채워진 선물 세트다. 게다가 빨리 열어보지 않으면 눈 깜짝할 사이에 사라지기까지 한다. 짧은 순간과 순간들을 소중히 해야 하는 이유다. 마음에 드는 장소를 발견하면 사계절 모두 들러보고 싶어진다. 가본 곳을 또 가곤 하는 버릇이 있다.

봄이 가까워지면 곳곳에 간질간질한 여린 풀 내음이 숨어 있어 코의 감각도 예민하게 더 깨워야 하지만, 숨어 있는 꽃과 작은 잎을 찾는 재미가 쏠쏠하다. 길을 걷다 툭 하고 꺾은 들꽃과 여린 가지들을 친구들과 서로 주고받기 바쁘다. 꽃병에 심어 놓은 봄이 공간 가득 퍼져 나가면 마음에도 봄이 온다. 봄엔 엄마의 핸드폰 사진첩에도 꽃들이 넘쳐난다. 어렸을 땐 엄마와 아빠가 왜 꽃 피는 계절을 유독 좋아하는지 이해하지 못했지만 이제서야 조금 알 것도 같다. 나이가 들면 계절을 즐기는 방법을 더 잘 알게 되는 것일까.

여름이 깊어지면 힘들이지 않아도 들숨에 초록 가득한 공기가 함께 들어온다. 괜히 문 열고 나가 숨을 크게 들이마시고 싶어진다. 따뜻해진 공기를 타고 어떤 향이든 풍부하게 넘실거린다. 이 시기엔 해가 뜨거나 질 무렵에 산책길에 오르곤 한다. 조금 더 게으르게 머뭇대다 늑대와 개의 시간인 해질 녘이 될 때도 좋다. 공기 가득 이파리의 내음이 깔린 공간을 유영하는 기분이 든다.

가을이 되어 열매가 맺힐 땐 단내가 얼굴을 간지럽히고, 잎이 다 떨어져도 묵직하고 마른 냄새가 바람을 타고 함께 날린다. 바짝 마른 잎들이 가득한 길을 바삭바삭 소리를 내면서 걸을 수 있다. 매일을 여행하는 기분으로 어딘가를 산책할 수 있는 시간이 너무 소중하다. 흘러가는 계절을 향으로 잘 붙잡고 싶다고 생각하면서 그날의 냄새를 잘 맡으려고 한다. 오늘의 냄새를 저장할 수 있는 방법이 있으면 좋겠다 상상한다.

그래서 산책길이 있는 곳에 살겠다고 결심하며 대문 앞

에 바로 흙길이 있는 서울 외곽의 집으로 이사했다. 하지만 웬걸, 대문 너머 빤히 산책로가 보이는데도 영 발길이 자주 닿지 않았다. 코끝으로 계절의 향을 맛보면서 산책로 바로 앞에 주차해 둔 차를 운전해 출근하는 것이 매일의 일상이 될 뿐이었다. 흘러가는 시간을 향으로 느끼고 싶다는 바람은 그저 생각뿐이었을까.

붙잡고 싶은 게 눈앞에 와 손 흔들면 의외로 손 내밀어지지 않는 것 같다. 오늘도 저 멀리서 코끝에 슬며시 와 닿는 소나무의 향을 킁킁거리기만 할 뿐 쉽게 발을 산책길로 내밀지 못했다. 겨우 10분 정도만 더 부지런해지면 잠시라도 산길을, 소나무를 제대로 보고 느낄 수 있을 텐데 그게 참 안 된다. 그리운 것은 그리운 대로 그냥 두어야 할까. 언제쯤 더 부지런하게 계절을 즐기는 사람이 되는 걸까.

깊고 시원한 숲을 걸어

숲은 늘 애틋하고, 숲의 기운이 가득 담긴 향은 또 그것대로 좋다. 사시사철 깊고 푸르른 숲의 내음이 바로 파인이다. 숲이 그리울 때 이 오일을 깊게 들이마시면 숲속을 가만히 걷는 것 같은 시원한 느낌이 든다.

파인(pine) 오일은 스카치 파인(scotch pine) 종의 바늘 같은 침 잎과, 어린 가지, 솔방울을 수증기 증류하여 추출한다.

그래서인지 더욱 숲의 느낌으로 가득하다. 소나무에서 연상되는 시원하고 가벼운 느낌 그대로의 향이 느껴지는데 의외로 살짝 달콤한 느낌을 발견하기도 한다.

파인은 숲의 느낌을 내고 싶을 때 늘 손이 간다. 유칼립투스나 티트리, 혹은 시트러스 계열의 레몬 등과 블렌딩하면 숲이 눈앞에 펼쳐지는 것 같다. 작업실에선 비슷한 계열의 우드와 허브를 블렌딩해 '깊은 숲속'이라는 향을 만들었다. 깊은 숲속을 천천히 걷는 느낌을 담았는데, 풀잎이나 나무의 향을 원하는 사람들에게 인기가 있다. 가만히 파인을 맡고 있으면 차분히 안정되는 듯한 느낌이 든다. 그래서인지 심한 신체적 아픔이나 스트레스를 받고 난 뒤 회복 기간에도 추천하는 오일 중 하나다.

식물을 압축해서 에센셜 오일로 만드는 것은 서양에서 유입된 향 제조법이지만, 우리나라에도 소나무의 내음을 가두는 조금 특별한 방법이 있다. 구자향법(毬子香法)이라고 불리는 오래된 방법이 그것이다. 백 년 묵은 소나무 등걸에 피는 푸른 이끼인 애납(艾納)과 각종 향료를 대추를 고아 졸인 꿀에 섞어 동글동글 환을 만드는 것이다. 지금은 전해지지 않는 제조법이라 그 향을 직접 맡아 보진 못했지만, 그 진했을 냄새를 상상해 본다. 소나무의 긴 세월이 묵직하고 깊게 담겨 있을 것이다. 마치 오래되고 응축된 솔숲의 냄새이지 않을까.

마음이 답답하고 무겁게 느껴지는 날들이 오면 숨을 잘

쉬고 싶다고 생각한다. 푸르른 숲이 그리워진다. 하지만 생각이 날 때마다 숲을 거닐며 산림욕을 할 수 없는 노릇이니, 갑자기 깊은 호흡을 하고 싶어질 때 파인을 생각한다. 시원하고 깔끔한 향은 부드럽게 호흡하는 것을 도와주는 것만 같다.

계절을 만나는 것이 좋고, 그 알맞은 순간들을 소중히 여기고 싶다. 의미 없이 흘러가는 일상의 결을 묵묵히 찾아오는 계절은 깜깜한 어둠을 뚫는 한 줄의 빛 같다. 순간의 풍경이 기억의 내음이 된다. 지금 맡을 수 있는 자연의 냄새들이 새로운 것을 만들 소중한 재료가 되어준다.

같지만 다른 향을 찾는 보물찾기

가을이 시작되면 서둘러야 하는 일이 있다. 나무들이 메마른 향을 풍기는 시기에 동네 산자락을 천천히 거닐면서 솔방울을 채집하는 일이다. 어슬렁어슬렁 땅에 계속 인사를 건네는 동안 양쪽 주머니가 볼록하게 부풀어 오른다. 동글동글한 솔방울은 잘 주워 장식용으로 쓰기도 좋지만, 충분히 물에 적셔 놓으면 천연 가습기 역할도 한다. 주워 온 솔방울들은 일단 흐르는 물에 흙이나 잔여물을 잘 씻어 말려 둔다.

가습기를 위한 준비물은 안 쓰는 작은 그릇과 솔방울, 그리고 약간의 물이면 충분하다. 그릇에 물을 부어 솔방울을 넣으면 물기를 먹어 작고 단단한 형태가 되지만, 입을 꽉 다물었던 솔방울들은 건조한 공기에 습기를 양보하면서 다시 느릿하게 열린다. 그런 솔방울의 변화를 보는 일도 재미있다. 바짝 열려 건조해진 솔방울엔 다시 물을 조금 부어 주기만 하면 된다. 특히 작업실엔 핫 플레이트나 열풍기 같은 전열기가 항시 가동 중이라 건조함이 가시지 않아, 신경 써서 겨우내 잘 챙겨 놓는 아이템이기도 하다.

특별히 가습기가 필요 없는 공간이라면 방향제로 사용할 수도 있다. 메마른 솔방울에 파인 오일을 몇 방울 떨어뜨리면 방향제가 된다. 솔방울과 비슷한 느낌인 파인을 사용하면 그 향이 더욱 증폭되지만 꼭 파인 오일이 아니어도 괜찮다. 솔방울 디퓨저는 대나무 스틱이나 섬유스틱을 사용하는 액체 디퓨저보다 더 부드럽고 연하게 지속되는 향기를 느낄 수 있다. 향의 세기를 조절하기도 편하다. 원하는 만큼 오일을 떨어뜨리기만 하면 된다.

이번 겨울엔 하나씩 모아 놓은 솔방울의 양이 많아서 새로운 도전을 해 보았다. 고민 끝에 향료를 섞은 왁스를 솔방울 위에 묻혀 천연 방향제를 만들었다. 오일과 염료를 넣어 색색의 왁스를 만든 뒤 솔방울에 눈이 내린 것처럼 윗부분에만 왁스를 묻혀 보기로 한 것이다. 그렇게 만들어진 솔방울은 하나하나가 작은 장식품 같기도 하지만 잘 모아서 가만히 눈을 감고 향기를 천천히 음미하면 나무 가득한 산속으로 들어온 것 같은 기분이 된다. 끝에 미묘하게 남아 어필하는 솔방울의 존재감도 귀엽다. 도토리를 모으는 다람쥐처럼 솔방울을 잔뜩 모으게 되는 가을과 겨울이 즐거운 이유 중 하나다.

솔방울뿐만이 아니라 길바닥에 무심히 떨어져 있는 솔잎에도 파인의 향이 머물러 있다. 겨울의 끝을 향해 달려가는 어느 날, 지인들과 함께 솔잎 태우는 냄새를 맡았다. 솔잎 타는 내를 맡으면 막걸리도 한잔하고 싶어지지 하면서 막걸리 한 병을 챙기는 것도 잊지 않았다. 오손도손 앉아 잘 마른 솔잎을 아궁이에 조금씩 밀어 넣고 불을 붙였다. 재빠르게 불이 붙으며 매운 내가 강하게 올라오나 했는데 어느덧 시원한 느낌으로 말려 올라갔다.

뜨거운 불 앞에서 시원함을 느낀다니, 이상한 일인 것 같다고 생각하는 동안 차가운 막걸리가 술술 입을 타고 목으로 넘어갔다. 따스한 소나무 숲 안에 안겨 있는 기분이 되었다. 그렇게 솔잎을 한 박스 태우고 이번엔 삼 년 전에 긁어 둔 솔잎을 넣어 보았다. 세월이 지나 묵은 솔잎에선 더 탁하면서 매캐한 향이 진하게 맴돌다 그대로 가셨다. 끝이 없는 강한 맛이었다.

아무것도 안 한 작은 솔잎을 태우는데도 향기가 다르고 맛이 달랐다. 미묘하고 세심한 이 차이들을 헤아릴 수 있는 마음을 잘 키워야겠다고 다짐하면서 솔잎 향을 깊게 들이마시고 내쉬었다. 아궁이를 타고 방 안 구석으로 새어 들어온 솔잎 향을 자장가 삼아 깊고 편한 밤을 지내고 나니 어느

새 옷깃에도 솔잎의 향이, 파인의 향이 깃들어 있었다. 한참이나 킁킁거리며 마치 솔잎들의 불꽃놀이 같았던 그날의 아궁이를 떠올렸다.

멀리 있는 것 같지만 이미 가까이에 깃든 파인을 잘 살펴보는 일은 늘 즐겁다. 숲속에서도, 주머니에 가득 넣어 온 솔방울에서도, 얇고 힘없이 말라버린 솔잎에서도 다르지만 또 같은 향기가 숨어 있다. 숨겨진 보물을 찾는 놀이 같다. 그런 추억을 함께 만들고 계절을 즐길 수 있는 친구들이 있어 다행이다.

지금 계절을 잘 느끼라고 알려주는 사람들이 고맙다. 흘러가는 찰나의 순간들을 함께 나누거나 놓치기 쉬운 계절의 맛을 함께 느낀다. 곁에 있는 사람들과 애틋하게 흘러가는 계절을 담을 수 있는, 잘 기억할 수 있는 것들을 만들고 싶다. 보물 같은 그것들을 같이 찾고 또 즐기는 날들이 되도록.

여름의 향,

시트로넬라 —— Citronella

비 오는 날을 좋아한다. 여름의 장마철이 기다려진다. 옷이 젖고 신발이 젖는 것이 싫어 외출을 꺼리게 되지만 차 안에 웅크리고 앉아 차 뚜껑을 두드리는 빗소리를 가만히 듣고 싶어 비 내리는 날을 기다린다. 얇은 철판을 두두둑 두드리며 귀를 울리는 소리가 예쁘다. 구멍이 뚫린 것처럼 세차게 비가 내릴수록 소리가 더 선명하게 들려서 시간 가는 줄도 모르고 차 안에 가만히 머무르게 된다. 밖은 야단법석인데 동굴처럼 작고 안락한 곳에 갇혀, 비가 내리는 풍경을 고스란히 볼 수 있어 마음이 편안하다.

비가 내리는 날엔 작업실 문도 가만히 열어두곤 한다. 차갑고도 서늘한, 습기 가득한 바람이 작업실로 스며드는 것도 좋지만, 양철로 덧댄 건물의 앞뒤 부분에서 톡톡거리는 소리가 나는 것이 마치 음악처럼 들려 넋을 놓고 감상하게 된다. 빗소리와 함께 시원하고 상쾌한 냄새가 흘러 들어오는 것도 신난다. 상큼한 레몬을 닮은 풀 내음이 듬뿍 담긴 냄새다.

비가 오는 날엔 미세한 향들도 더 잘 느껴진다. 막힌 코가 뻥 뚫릴 것 같은 예민한 시원함이다. "빗소리가 너무 좋으니까 작업실로 놀러 오지 않을래?" 하고 친구들에게 연락을 보낼 수도 있다. 혹시라도 모두 바빠 오지 못한다고 해도 떨어지는 비를 보며 혼자 여유를 부리면 된다. 비를 핑계 삼은 한가로운 시간이다.

하지만 혼자든, 친구가 있든 비가 내리는 날엔 캔들을 켜야 한다. 대개 사람들은 날이 차갑게 얼어붙는 계절이 되어서야 캔들의 일렁이는 불빛을 떠올리곤 하는데 사실 덥고 습한 장마철이야말로 불을 붙이기 제격인 날씨다. 따뜻한 온도는 향기를 더 멀리 퍼질 수 있게 한다. 온도가 상승한 공기 위에 올라타 공간 구석구석 잘 자리 잡을 수 있게 도와준다. 실내의 모든 문을 꽉꽉 걸어 잠그는 겨울보다 자주 환기를 해야 하는 계절이 방 안 가득 향을 채우기 더 쉽다. 캔들을 사용하는 것은 습기를 제거하는 데도 도움이 되니 장마철이 되면 잊지 않고 꼭 챙겨 두어야 한다.

여름 내내 나의 공간을 가득 채우는 향은, 시트로넬라가 듬뿍 포함된 '잘 가, 모기야'다. 더운 날에는 작업이 끊이지 않는 오일이기 때문이기도 하다. 오늘은 특히나 똑똑 떨어지는 빗방울 소리에 박자를 맞추려고 나무 심지로 된 캔들을 골랐다. 빗소리와 나무 심지가 톡톡 탁탁 소리를 내며 함께 만들어 내는 리듬에 맞추어 나도 잠시 쉬어 간다.

모기를 쫓아 주는 청량함

시트로넬라 오일 뚜껑을 열면 하나같이 "엇, 이거 모기 쫓아주는 그 향 아닌가요?" 하는 반응을 보인다. 천연 재료로 모기를 퇴치하는 방법이 대중적으로 알려졌기 때문이다. 캔들이나 스프레이, 아웃도어용 팔찌 등으로 출시되는 모기 기피용 제품에는 모두 이 시트로넬라 향이 들어 있다.

많은 종류만큼이나 블렌딩도 다양하고 천연 향과 인공 향의 느낌에도 조금씩은 차이가 있지만, 기본적으로 모두 시트로넬라를 사용한다. 그래서인지 언제부터인가 모기를 쫓는 향이라는 인식이 대중들에게 강하게 퍼졌다. 이제는 이 향에서 모두 익숙하게 여름을, 모기 기피제의 냄새를 떠올린다. 시트로넬라 오일 속엔 시트로넬랄(citronellal)이라는 성분이 들어 있어 벌레 기피제 역할을 한다.

열대지방에서 주로 자라며 가늘고 긴 잎의 형태를 가진 시트로넬라는 여러 개의 이름을 가지고 있다. 학명은 'Cymbopogon nardus'이지만, 스리랑카 에센셜 회사의 건립자인 Winter 씨의 이름을 따서 'C. winterianus'라고 하거나 'Winter's grass'라고도 한다. 에센셜 오일에 사용되는 시트로넬라는 스리랑카와 인도네이사의 섬 자바에서 재배되어 추출되고 있다.

스리랑카에서 재배되는 시트로넬라 오일은 통칭 실론산 혹은 'C. nardus'라고 하고, 자바산 시트로넬라 오일은 'C. winterrianus'라고 한다. 단순히 재배지에 따른 이름의 분류이기도 하지만 각각의 오일 속 제라니올의 함량 차이를 나타내는 것이기도 하다. 곁에 있는 오일 이름을 주의 깊게 보고 고향을 유추해 보는 것도 좋겠다. 작업실에서 사용하고 있는 것은 스리랑카에서 생산된 'C. nardus'인데 자바산보다 조금 더 진한 노란빛을 띠고 레몬의 상큼함이 약한 대신 풀 내가 짙은 편이다.

시트로넬라 속에 함유되어 있는 제라니올(geraniol)이라는 성분은 장미 향과 닮아 기분을 상승시키고 지쳤을 때 상쾌함을 느끼게 해 준다. 모기를 쫓기도 하지만 담배 연기처럼 기분 나쁘고 피하고 싶은 냄새를 공기 중에서 청정시켜 주는 효과도 있다. 덥고 습하고 벌레가 많은 계절에 이보다 잘 어울리는 향이 어디 있을까 싶다.

시트로넬라로 만드는 것은 아니지만 인센스의 일종인 동글동글 회오리 모양의 모기향도 모기를 쫓는 대표적인 아이템이다. 어렸을 땐 매캐하고 코가 저릿해서 모기향만 켜면 뒷걸음질 치고 도망가기 바빴는데 그것 또한 여름의 향인 것 같아 그리울 때가 있다. 지금은 점차 사라지고 있는 모기향의 매운 내음 대신에, 풀 내음이 강하지만 은은한 레몬 향도 함께 퍼지는 부드러운 느낌의 오일인 시트로넬라로 색채가 바뀌고 있는 것 같다. 조금 더 청량한 시트로넬라 빛의 날들이 되는 기분이다.

손 닿는 곳곳에

여름엔 시트로넬라 오일을 꼭 사용하곤 해서 "정말 모기를 쫓는 데 효과가 있나요?"라는 질문을 많이 받는데 사실 나는 정말 효과가 좋은지 아닌지를 확인하기 어려운 사람 중 한 명이다. 여름 내내 곁에 모기가 있어도 잘 물리지 않는 이상하고도 편리한 체질의 사람이기 때문이다.

나는 모기에게 잘 물리지 않는 엄마의 체질을 그대로 물려받고, 남동생은 무조건 물리고 보는 아빠의 체질을 물려받았다. 우리 집은 여름이면 남자들만 물린 자리를 긁어대고 여자들은 곁에서 놀리기 바쁘다. 모기가 근처에 얼씬거리지 않아 야외 활동을 할 때도 편하고 윙윙거리는 소리 없이 편하게 잠들 수 있는 여름밤이 좋지만, 그렇게 작고 작은 벌레에게조차 거부당한 피를 가진 생명체라니 쓸쓸한 마음이 드는 것도 어쩔 수 없다.

나에게 정말로 효과가 좋은지 아닌지 기술적으로 확인할

길은 없지만, 작업실에서 오일을 꺼내고 대량으로 작업을 하는 밤이면 밖에서 우연히 날아 들어온 모기들이 도망가고 싶어 유리문 틈새에 떼를 지어 붙어 있는 것을 보기도 한다. 시트로넬라 향이 작업실을 휘감은 다음 날엔 여기저기에 모기 사체들이 떨어져 있는 것을 발견하기도 하니 영 효과가 없는 것은 아닌 게 분명하다.

모기가 극성을 부릴 시기가 오면 시트로넬라 오일을 중심에 두고 여러 가지 형태의 모기 기피 아이템을 만들곤 한다. 기본적인 캔들 이외에도 문가나 창문, 혹은 아기들의 유모차에 달 수 있는 동그랗고 작은 왁스 방향제나 옷과 커튼, 이불 등에 쉽게 뿌릴 수 있는 패브릭 스프레이 같은 것들이다. 하나의 오일로 만드는 것들이지만 캔들은 부드러운 느낌이 강하고, 오일 함유량이 많은 방향제는 향기가 진하게 감돌고, 알코올이 함유된 스프레이는 코가 찡할 정도로 시큼하다. 같은 오일이지만 각자 다른 색감으로 변하기 때문에 원하는 취향에 맞추어 추천할 수 있다.

다양한 형태에 향을 입히기 때문인지 여름이 오면 손 닿는 모든 곳에 시트로넬라가 감돈다. 여름을 가득 채우는 상큼하고 상쾌한 향의 도움을 받아 더위에 지쳐 무거운 기분이 한결 가벼워진다.

여름 끝자락을 채우는 평화로움

여름의 끝자락, 친구와 금산에 있는 서원을 방문했다. 서울에선 숨 가쁘게 시간이 달려가는 것만 같았는데 금산은 이 계절이 조용히 멈춘 상태인 것 같았다. 여름이 끝나가는 날이 되어서야 비로소 여름의 진짜 향기를 가득 맡을 수 있었다. 다정한 자연의 향이 코끝을 두드려 온몸의 세포가 활짝 열려 머리끝까지 예민해지는 느낌이었다.

마치 여름방학이 되어서 시골에 있는 할머니 댁을 방문한 것 같은 기분이 되었다. 특별한 것이 있는 것도 아니지만 어린아이로 돌아간 듯한 마음이 되어 설렜다. 멀리서 온 우리를 위해 준비해 두신 오이와 고추의 허리를 뚝 하고 자르자마자 생글한 냄새가 훅 하니 퍼지는 것을 느꼈고, 토마토며 수박은 가만히 그 향기만 맡아도 배가 부르는 느낌이었다. 입맛을 더 돋우게 하는, 잘 익은 막걸리의 구수하고 시큼한 냄새를 마셨다. 정성 가득 담긴 된장은 거창한 재료가 없어도 풍성하고 깊은 맛이 감돌았다.

다 함께 걸었던 금강 변의 파릇하고 촉촉한 풀 냄새, 깎인 절벽 사이에서 불던 날카롭고 시원한 바람 냄새, 금방이라도 뛰어들고 싶던 강물이 코끝에 걸린 향으로 남았다. 습한 날씨에 꾸덕꾸덕해진 종이와 먹의 냄새가 가득한 서원에서는 가져간 촛불에 불을 붙였다. 작게 반짝이던 반달이 뜬 하늘 아래에서 거문고 소리를 들었던 이 밤의 끝자락은 계속 마음속에 남을 것 같았다.

모기와 날벌레가 많은 곳이라 하셔서 작업실에서 만든 '잘 가, 모기야' 초를 두고 왔더니 우리가 떠난 그날 이후의 여름밤이 향기로웠다는 이야기가 들려왔다. 나에게 여름의 향인 시트로넬라가 만드는 또 다른 색의 여름일 테다. 오랜 시간 고심해서 창작한 오일이 가만히 앉아 있기만 해도 온갖 자연의 향이 가득할 그곳의 분위기를 해치지 않았으면…. 매캐한 공기 가득한 서울에서 나의 시트로넬라 캔들에 불을 붙이며 작은 소원을 빌었다. 멀리 떨어져 있어도 우리의 여름은 같은 향으로 연결되어 있었다.

알지만 새로운 기분으로,

시나몬 —— Cinnamon

"선생님, 이건 치과 냄새가 나는 것 같아요. 너무 싫은 그 소독약 냄새요."

처음에 들었을 땐 신기한 경험을 떠올리는 사람도 있구나 했는데, 날이 갈수록 시나몬 오일을 접하는 사람들에게 유독 자주 듣는 평이다. 치과라고 정확하게 말하지 않는 사람도 병원 언저리를 떠올리거나, 다치거나 혹은 아팠던 기억을 떠올린다. 몇 번 반복해 이런 감상을 듣는 사이 나조차 익숙해져서, 이 오일을 소개하며 치과 소독약 냄새를 들먹이게 되었다. 말하는 사람도 듣는 사람도 함께 시나몬 향기를 코끝으로 맡으며 치과의 기억을 머릿속에 생생히 떠올리고 본인의 경험을 공유하게 된다.

나에게 치과는 늘 무서운 공간이었다. 어렸을 때부터 유독 이가 잘 썩는 사람이라 눈물 찔끔 흘리면서 치과를 자주 다녔다. 본가엔 단골 치과가 있고, 거기엔 예나 지금이나 삼촌처럼 부드럽게 말해주는 의사 선생님이 계신다. 걱정하면서 달려가면 별일 아니라고 다독여 주면서 과하지 않고 빠르게 치료를 해 주신다.

어차피 별일 아니고 금방 끝날 거라는 이야기를 들을 때면 하나도 무섭지 않은데, 누워서 입을 벌리고 환한 불빛을 마주하면 주먹 쥔 손에 힘이 바짝 들어간다. 얼굴 위로 녹색 천이 덮이면 괜스레 심장이 두근거린다. 귓가에 웅웅거리는 작은 기계들의 소음에 기운이 눌린다. 힘을 주지 않으려고 괜히 손을 쫙 뻗어 배 위에 가지런히 올려 보아도 손바닥에 식은땀이 차오른다. 나이가 들면 그 불빛 앞에서도 당당해질 줄 알았는데, 전혀.

이십 대 후반의 나이에 엄마의 뒤늦은 재촉으로 치아 교정을 하게 되어서 치과를 매주 들락날락하게 되었다. 자주 가게 되니 오히려 괴롭지 않고 익숙해졌다. 갈 때마다 시린 스케일을 하고 잇몸과 천장에 수도 없이 나사를 박았다가 풀고, 교정기를 붙였다 떼고 잇몸을 찢어 이를 뽑는 등 치과에서 경험할 수 있는 모든 시술을 경험했다. 그 과정이 너무 아프고 지쳤지만 오히려 이것저것 다 경험했더니 치과 따윈 무섭지 않은 경지에 오를 수 있었다. 모르는 일들이 어렵고 무서울 뿐, 알고 나면 쉽고 재미있을 수도 있다.

이제는 훨씬 편한 기분으로 의자에 누워 불빛을 바라보고 시나몬 오일 같은 소독약 냄새를 맡는다. 어떤 치료인지 충분히 알지만, 가만히 느껴지는 새로운 감각에 집중한다.

닮은 듯 다른 것들

갈색의 동글동글 귀여운 모양이라 달콤한 캐러멜 향기라도 퍼질 것 같은 스틱이 있다. '좋은 향기가 동그랗게 말려 있는 껍질'이라는 그리스어에서 이름이 유래한 시나몬은 스리랑카가 원산지인 실론 시나몬(Ceylon cinnamon)을 말한다. 동글하고 귀여운 모양의 시나몬 스틱의 향은 톡 쏘는 진한 계피를 닮았다. 기대와는 다른 맵싸함이 퍼진다.

계피와 시나몬은 같은 의미로 쓰일 때가 많지만 엄밀히 말하면 둘은 다른 종류다. 카시아(cassia) 혹은 중국 시나몬(Chinese cinnamon)으로 분류되는 계피는 히브리어 'qiddâh'에서 온 말로 '껍질을 벗기다'라는 뜻이다. 시나몬과 카시아는 같은 녹나뭇과로, 원산지별로 종류가 많고 분별하기 힘들 만큼 비슷해서 오랫동안 혼동해 쓰였다.

구별할 수 있는 특징이라면 시나몬은 매운맛이 거의 없고, 계피에 비해 단맛과 향이 뛰어나다는 점이다. 달 것 같지만 매운맛이 감도는 수정과와 입 안에서도 여전히 달짝지근한 향을 풍기는 시나몬 롤을 상상해 보면 차이점을 느끼는 것이 조금 더 수월할 것이다. 에센셜 오일은 계피가 아닌 시나몬으로 생산된다.

시나몬은 실크로드를 통해 유럽으로 전파되었고, 구약성서에서도 값진 향유로 기록되어 있을 만큼 역사가 오래되었다. 시나몬은 껍질, 잎, 뿌리의 세 부분에서 골고루 오일을 추출하는데 시중에서 만나볼 수 있는 오일은 크게 시나몬 수피(cinnamon bark) 오일과 시나몬 잎(cinnamon leaf) 오일 두 가지로 나뉜다. 시나몬 수피 오일은 강력하고 확산이 잘되며 향기가 오래 남는 특징이 있고, 시나몬 잎 오일은 진한 노란색에서 갈색빛이 돌며 톡 쏘는 느낌이 든다. 캔들이나 향수의 성분으로 많이 쓰이는 것은 잎에서 추출하는 오일이다. 수피 오일보다는 잎 오일이 연한 편이라 부드럽게 사용할 수 있다.

시나몬 스틱이 가루가 코를 간질이는 듯한 잔잔한 느낌이라면, 잎 오일은 코를 더 깊게 관통하는 듯한 센 느낌이다. 스틱이나 가루의 향기가 익숙해 그런 것을 기대하고 오일을 만나면 완전히 새로운 것을 만난 것 같은 느낌이 된다.

시나몬은 활력이 없거나 우울증으로 고생하는 사람들에게도 효과적이라 알려져 있다. 괜스레 몸도 기분도 마치 감기에 걸린 것처럼 찌뿌듯할 때 떠올리게 된다. 프랑킨센스, 일랑일랑, 오렌지, 만다린 등과 블렌딩하는 편이고, 특히나 차가운 바람이 부는 계절에 손이 많이 간다.

또 시나몬은 진드기를 예방할 수 있는 오일로도 알려져

있어 겨울에는 특히 침실용 스프레이로 만들어 둔다. 시나몬과 오렌지, 만다린 오일을 자주 세탁할 수 없는 이불이나 매트리스에 뿌리고 창문을 열어 환기시키며 탈탈 털어낸다. 꿉꿉한 기분과 쾨쾨한 냄새도 털어낼 수 있고 침구류에 쉽게 번식하는 진드기를 예방할 수도 있다.

다양하고 새로운 사용법

오일로 맡는 시나몬 향을 소독약처럼 낯설게 느끼는 사람이 많고 동그란 모양의 스틱이 더 친근한 편이라 나도 스틱을 사용하는 일이 잦다. 스틱의 활용도는 다양해서 끝도 없이 사용법을 만들어낼 수 있다.

여름엔 캔들에 장식용으로 스틱을 사용한다. 시나몬 스틱으로 장식한 캔들을 가지고 외부로 나가면 촛불을 향해 돌진하는 날벌레를 쫓거나 바람이 불어도 촛불이 꺼지지 않게 막아 준다. 시나몬 스틱 사이로 울렁거리는 불빛은 또 다른 즐거움이다. 장식할 때는 완성된 캔들 외부를 감싸서 장식하는 방법, 혹은 캔들 제작 중 내부 가장자리를 따라서 왁스에 심어 고정시키는 방법이 있다. 이런저런 방법으로, 그때그때의 느낌대로 자유롭게 쓰곤 한다.

내부를 장식할 때는 심지의 사이즈를 조절해서 가장자리까지 다 녹지 않도록 조절하거나 불을 피우고 끄는 것을 조정해서 가장자리에 터널링*이 생기도록 해야 한다. 일부러 터널링이 생기도록 해서 시나몬 스틱이 움직이지 않게 하는 것이 포인트다. 아차 하는 사이에 물컹해진 왁스 위로 쓰러진 스틱에 불이 붙어 위험해질 가능성이 크기 때문이다.

시나몬 스틱은 디퓨저 스틱 대용으로도 좋다. 디퓨저 오일에 스틱을 꽂기만 하면 되는데, 장식으로도 좋지만 스틱에서 나오는 은은한 향이 디퓨저의 효과를 크게 만든다. 시나몬 스틱과 잘 어울리는 향을 고르면 더 좋다. 시나몬이나 시트로넬라 등의 오일은 벌레들이 싫어하는 냄새이고 스틱과도 잘 어울려 이런 계열을 사용하면 진드기나 날벌레 없는 여름밤을 보낼 수 있다.

오일 없이 시나몬 스틱만을 길게 연결하거나 뭉텅이로 잘 묶어 걸어 두면 방향제나 스머징(smudging) 용도로도 사용할 수 있다. 걸어 놓을 마땅한 공간이 없다면 작은 접시 위에 스틱을 두어 개쯤 올려 두기만 해도 된다. 작은 덩치에 비해 향이 은은하게 잘 퍼진다.

* ——— 캔들 용기 가장자리에 있는 왁스는 전혀 녹지 않고 가운데 왁스만 타 들어가 깊은 터널 같은 구멍이 생기는 현상을 말한다. 심해지면 캔들에 불이 잘 붙지 않기도 한다.

그리고 조금씩 더 넓어지는 세계

찬 바람이 불기 시작하면 뜨뜻한 뱅쇼(vin chaud, 따뜻한 와인)를 만든다. 다른 술엔 강하지만 유독 와인에 잘 취하는 편인데도 겨울이 되면 따뜻하고 시큼한 그 맛이 계속 생각난다. 더 정확하게 말하면 그 속에 은은하게 퍼지는 시나몬 향이 그리워진다.

뱅쇼는 의외로 간단하게 만들 수 있는 겨울 음료다. 큼지막하게 자른 오렌지에 클로브(clove, 정향)를 꽂아 넣고, 사과와 레몬 같은 과일, 시나몬 스틱을 준비한다. 냄비에 준비한 내용물과 와인을 가득 넣고 통후추를 살짝 추가해 뭉글뭉글 끓이기만 하면 된다. 팔팔 끓인 와인은 알코올이 날아가고 과일의 달콤한 맛이 더해져 술이 약한 사람에게도 쉽게 권할 수 있는 음료가 된다. 시나몬은 와인의 시큼한 향을 잡아주고, 묵직하고 강한 향과 단맛이 배어 더욱 풍미가 있는 뱅쇼로 완성될 수 있게 도와준다. 와인을 끓이는 내내 시나몬 향이 주방을 가득 채울 정도로 강한 향신료다.

있으면 있는 대로 없으면 없는 대로 적당히 맞춰서 하는 것이 요리라고 배웠기 때문에 정확한 레시피는 없다. 준비할 때마다 재료가 조금씩 바뀌고 맛도 조금씩 달라지지만, 그것도 그것대로 좋다. 와인의 종류, 준비된 과일의 단맛이나 함께 넣는 향신료의 양에 따라 향도 맛에도 변화가 생긴다. 그래서 무슨 맛인지 아는 것처럼 끓이지만 새로운 것 같은 맛으로 재미있게 마신다.

시나몬 오일의 향과 스틱으로 재미있는 것들을 만들 수 있는 것처럼, 충분히 다 알았다고 생각했는데 새로운 즐거움을 발견하면 재미있다. 사용법을 다 터득한 것 같은데 새로운 용도를 발견하면 기쁘다. 더 이상 커지지 않을 것 같은 세계가 넓어지는 느낌에 두근거리는 마음이 된다.

혼자 오일을 향해 깊숙이 파고드는 것도 좋지만 언젠가 그건 한계에 도달하게 될 것이다. 그래서 사람들을 만나 함께 블렌딩을 하는 시간을 더 많이 가지고 싶다. 익숙함에 낯섦을 섞는 느낌이 재미있다. 자주 손길이 가던 오일들에서 벗어나 새로운 시각으로 향을 마주하게 된다. 내가 떠올리지 못할 경험들을 떠올리게 해 주는 사람들과 그 사람들의 이야기가 반갑다.

최근엔 일본의 에스테틱 브랜드와 콜라보 작업을 진행하고 있다. 몇 가지 샘플로 보낸 오일 중 브랜드와 가장 잘 어울릴 것 같다며 골라 준, 시나몬을 베이스로 한 시그니처 제품들을 함께 고민하고 있다. 바다를 건너 다른 나라의 낯선 브랜드를 위한 새로운 향을 만들 것이다. 함께 만든 새로운 오일과 향, 그리고 제품들이 그 공간을 채우게 될 것이다. 나라의 경계를 넘어서 또 다른 시각을 가진 영역의 사람들과 서로의 문화를 기반으로 향의 스펙트럼을 다양하게 만드는 즐거운 시간을 보내고 있다. 새롭게 펼쳐질 프로젝트와 더 넓은 세계가 기대된다.

스트레스가 끝나지 않는 삶,

바질 —— Basil

"요즘 뭐 하고 지내?"라는 물음에 습관처럼 "그냥 바쁘지."라고 대답하던 날들이 있었다. 딱히 바쁜 것 같지 않은 날들이었는데도 그랬다. 바쁨이 관성인 양 늘 바빠야 할 것 같은 의무감 비슷한 감정이 느껴지는 날들이 있었다. 끊임없이 무언가를 하고 바쁘게 움직여야 걱정이 느껴지지 않고 스트레스도 받지 않는 것 같은 느낌이 들었다.

하지만 자꾸만 무언가를 해야 할 것 같은 집착이 더 많은 스트레스를 유발한다는 것을 어느 날 깨달았다. 삶에 스트레스가 있는 것이 당연하다고 생각하면서 스트레스를 받는 일에 중독되어 있는 것은 아닌지, 스트레스를 줄이거나 삶에 휴식을 주는 일을 아예 잊어버린 것은 아닌지 하는 생각을 하게 된 것이다. 계속 달리기만 한다면 어느 순간 걸을 수도 없게 된다는 것을 잊고 살던 날들이었다.

매일 10시간 넘게 컴퓨터 앞에서 일만 하다가 마우스를 쥔 손에 힘이 들어가지 않는다는 것을 느낀 날, 갑자기 정신이 번쩍 들었다. 손목이 아프다고 일을 안 할 수는 없었고, 일을 하자니 오른팔 전체에 감각이 없거나 너무 아파서 눈물이 나왔다. 별수 없이 아침 출근 시간을 조금 미루면서 병원에 다니기 시작했다.

어떤 병원에선 건초염이 심하다고 했고, 어떤 병원에선 터널 증후군이 꽤나 진행되었다고 했다. 운동을 해 봐라, 마우스를 바꾸어 봐라, 손목보호대를 차면 된다 등의 들으면 뭐라도 해야 할 것 같은 조언이 귓가에 넘실댔다. 어떤 곳에선 이제 완치가 불가능하다며 다시는 이런 직종의 일을 못 하게 될 것 같다는 일종의 종말 선언을 했다. 의사는 왜 쉬지 않느냐고 되려 물어 왔다. 멈추는 것을 생각해본 적이 없어요. 띄엄띄엄 내가 말했다.

병원에서 이야기 나누었던, '잠시 멈춘다는 것'을 다시 떠올려보면서 바질 오일로 캔들을 만들어 불을 붙였다. 꼬리에 꼬리를 무는 생각을 멈추고 내 오른손을 가만히 바라보았다. 캔들 위를 장식한 마른 바질 잎이 왁스에 스며들며 퍼지는 톡 쏘는 진한 향에 정신이 번쩍 들었다. 예민하게 부어올랐던 팔도, 마음도 천천히 가라앉는 것 같았다.

퉁퉁 부은 부항 자국 위에 파스를 붙이고 손목보호대로

칭칭 감은, 마치 곧 두 동강이 날 것 같은 이 손목은 내가 나를 괴롭힌 스트레스의 결과물이었다. 내내 회피하고 싶었던 나약함이었다. 그런 약한 마음에 강한 바질 향이 다가와 나를 다독여 주었다. 부드럽고도 단단한 방패막이 되어 주었다.

요즘은 의식적으로 "잘 지내.", "바쁘지 않아.", "아무것도 안 해."라고 말한다. 자꾸 입 밖으로 내밀면 정말로 바쁘지 않고, 아무것도 하지 않고도 잘 지내는 날들이 올 것 같아서다. 아무것도 하지 않겠다는 소리를 내며 억지로 리듬을 느릿하게 바꾼다. 그래도 마음이 피곤한 날들이 찾아오면 바질 캔들에 불을 붙인다.

온전히 쉬어 가는 하루

하지만 나는 지금도 일을 하고 있다. 도와주는 사람 없이 혼자만의 끝나지 않을 작업을 하는 일상을 보내고 있다. 휴일의 개념이 없는 하루하루를 살고 있어 온전히 쉬는 듯한 날이 없다. 아무것도 하지 않고 쉬는 날이 하루도 없는 듯한 일상의 도돌이표다.

급한 마감이 끝난 어느 일요일이었다. 오늘 하루만큼은 정말 아무것도 안 하고 온전히 쉬어 가는 하루를 보내겠다고 다짐하면서 소파에 등을 붙이고 앉아 마쓰이에 마사시(松家仁之)의 책을 집어 들었다.

『여름은 오래 그곳에 남아』(원제 '火山のふもとで', '화산 자락에서')는 여름날 건축 공모전을 준비하는 건축가들의 이야기다. 그들은 도쿄의 뜨거운 여름을 피해 가루이자와의 산속 별장으로 간다. 이제 막 건축을 시작한 주인공에게는 인생이 뒤바뀔 것 같은 큰 사건도, 준비하던 공모전이 당선되는 반가운 해피엔딩도 없다. 하지만 덤덤하게 진행되는 이야기엔 눈앞에 그려질 것 같은 생생하고 뭉근한 생활의 모습들이 있다.

아침부터 사각거리며 연필을 깎고, 손에 닿는 마감 부분을 디테일하게 고민하고, 완벽한 건축 모형을 만드는 소설 속 장면에 몰입했다. 건축계를 떠난 지 시간이 꽤나 흘러 잊고 지냈던 설계실의 풍경이 떠오르며 손끝에 감각이 살아나는 것 같았다. 오랜만에 건축을 그리고 있는 섬세한 표현을 뒤적거리며 글자를 따라가다 보니 슬며시 허기도 밀려왔다. 여름의 풍경과 소리, 자연의 향기가 그대로 전해질 것 같은 소설 덕분이었을까. 쨍한 여름날, 시원한 바람이 부는 집에서 책과 뒹굴거리는 진짜 보약 같은 시간이었다.

여름의 상큼함은 나에게 바질 페스토 빛이다. 생 바질을 따서 잣과 같은 견과류와 함께 잘 빻아서 올리브 오일과 소금, 치즈로 간을 하는 걸쭉한 소스를 바질 페스토라 부른다. 페스토(pesto)는 "빻다(pound) 혹은 부수다(crush)"의 뜻을 가진 이탈리아어 '페스타레(pestare)'에서 파생된 이탈리아 소스를 일컫는 말이다. 주로 파스타를 만들 때 사용하는데 고소한 견과류와 올리브 오일이 곁들여져 싸한 바질 향이 풍성하고 상큼하게 바뀐다.

어원에서 느껴지는 것처럼 믹서기를 사용해서 가는 것보다 절구에 잎을 직접 빻는 쪽이 훨씬 맛이 좋다는 이야기를 듣고는 전통적인 방법으로 직접 페스토를 만들어 보기로 했다. 다행히 살고 있던 집은 햇빛이 방 안까지 깊이 비치고 바람이 잘 통해 바질 같은 허브 화분이 무럭무럭 잘 자라는 편이었다. 그동안 영양제도 듬뿍 주고, 가지치기나 순치기도 열심히 해 주어 거의 나무처럼 거대해진 바질의 잎을 한 바구니 가득 수확했다.

바질 페스토를 만드는 일은 고된 노동의 시간이었다. 종일 잎을 따고 씻고 잘 말려 절구에 콩콩 찧었는데도 겨우 크지도 작지도 않은 어중간한 유리병 정도의 결과물이 나왔다. 유별난 스킬이 필요한 것은 아니지만 정성이 많이 필요한 음식이었다. 손목과 어깨가 너덜너덜해질 것 같은 하루 노동의 결과물이 고작 이 작은 유리병이라니, 마치 바질 오일을 짜내는 것 같은 압축이구나 싶었다.

그렇지만 바질 페스토를 만들어 놓으면 바게트에 발라 먹거나 차가운 파스타를 만들어 먹기에 너무 편하다. 그간의 힘듦이 싹 사라지고야 마는 맛이다. 페스토를 만들기 귀찮다면 잎만 툭툭 뜯어 음식 위에 올려도 풍미가 살아나는 것 같은 느낌이 된다. 시원하면서도 상큼하고 신선한 맛, 그게 바로 나에게 바질의 이미지다.

냉장고에 있던 시원한 토마토를 대충 잘라 그 위에 바질 페스토를 얹었다. 시원한 여름의 맛을 느끼면서 마쓰이에 마사시의 두 번째 책 『우아한지 어떤지 모르는(優雅なのかどうか、わからない)』을 꺼내 든다. 또 어떤 잊고 지내던 건축적 디테일을 만날지 궁금해하며 오늘은 이렇게 일도 바쁨도 내려놓고 바질을 오물거린다.

향의 힘을 믿고 기대어

바질은 바질 페스토를 빗대어 설명하곤 하는 오일이다. 생 허브에서 맡을 수 있는 향과 그리 다르지 않아 사람들에게 익숙하기도 하고 설명하기도 쉽다. 향기를 낯설어하는 사람들도 이탈리안 레스토랑 같은 공간에서 맡아 본 것 같은 느낌이에요, 하며 다가가기 쉽다.

크게 보면 민트과에 속하는 바질은 '로열(royal)'을 뜻하는 그리스어 '바질리코스(basilikós)' 혹은 라틴어 'basilicum'에서 유래된 말로 '왕의 허브(king's herbs)'라는 뜻이다. 이 이름은 허브를 귀하고 성스럽게 여겼던 정서를 그대로 반영한 것이다. 왕이라는 이름에 걸맞게 소화불량, 염증, 두통을 진정시키고, 비타민 C와 K, 철, 칼슘, 칼륨이 풍부하다. 인도에서 처음 재배된 바질은 알렉산더 대왕에 의해 유럽에 전해졌다고 한다.

바질 오일은 노랗거나 연녹색을 띠고, 약간 거칠면서도 달콤한 듯한 느낌으로 퍼진다. 도마를 제작하는 데 주로 쓰이는 캄포나무를 닮은 듯도 하다. 인도에서는 '툴시(tulsi)' 혹은 '홀리 바질(holy basil)'이라고 부르며 생명과 죽음을 기도할 때 곁에 두었다. 건강은 균형 잡힌 몸과 마음, 정신에서부터 시작된다는 믿음을 바탕으로 아픔을 치유하는 인도의 전통 의학 체계 '아유르베다(Ayurveda) 요법'에서 스트레스에 대한 저항력을 키우는 용도로도 사용한다. 서양에서는 안정을 주는 허브라고 하여 신경질적인 정서를 다스릴 때 찾았다. 불안하거나 예민해지는 마음을 다스리거나 집중력을 높이고 싶을 때 도움을 받을 수 있다.

코에 자극이 올 정도의 스파이시한 느낌이 지배적이지만 가만히 잔향에 다가가면 가볍고 상쾌한 꽃향기가 스치는 느낌도 든다. 그 신선하고 편안한 느낌만큼, 걱정거리가 많고 스트레스를 많이 받는 사람들에게 특히 추천한다. 회사나 작업 공간, 서재에 둘 만한 캔들을 찾는 사람에게 권하곤 한다.

매일 컴퓨터 앞으로 출근하던 직업은 이제 벗어났지만, 그래도 손을 쓰는 직업에서는 벗어나지 못했다. 아마도 그런 운명으로 태어났나 보다. 붙잡고 있어야 하는, 양손이 필요한 작업이 늘 나를 기다리고 있다. 평생 완치가 안 될 거라던 의사 선생님의 말처럼 같은 뜨개질을 계속해서 반복해야 하는 날들이 찾아오면 제일 먼저 손목으로 반응이 온다. 얼얼하고 찌릿한 그 느낌이 찾아오면 바짝 긴장하게 된다.

휴식해야 한다, 몸의 이야기에 귀를 기울여야 한다고 다짐한다. 관성처럼 달리기만 하지 않도록, 신경질적으로 바쁜 날들만 만들지 않도록 나를 달랜다. 다시 나약해지지 않기 위해 나에게 힘을 준다. 작은 바질 캔들의 향이 공간에 퍼질 정도의 시간이라도 가만히 나를 내버려 둔다. 천천히 향을 맡으면서 기운을 되찾는다. 바질의 힘을 믿고 그 향에 기대 본다. 굶주림이 크지 않더라도 빵 조각 위에 바질 페스토를 얹어 배를 채운다. 마음도 몸도 스트레스에 묻혀 공허해지지 않도록 말이다.

기도하는
마음으로,

샌들우드 —— Sandalwood

하늘에 구름이 예쁘게 뜬 봄, 서촌에 있는 한옥에서 마켓이 열렸다. 향이 나는 오브제들을 소개하고 싶어 챙겨 간 그 마켓에는 손을 뻗어 가지고 싶은 다양하고 예쁜 것들이 넘쳤다. 그중에서도 함께 참여한 친구가 챙겨 온 진한 인센스(incense)에 유독 마음이 끌렸다. 여기저기서 온 다양한 물건을 소개하는 그 친구는 인도에서 직접 생산한 인센스를 가져와 판매하고 있었다. 나는 그것 중 특히 패키지에 압화가 예쁘게 장식된 것으로 몇 개 구입했다.

"아니 왜 인센스를 사요? 캔들을 만드는 사람이?" 의외의 얼굴을 하고 친구가 물었다.

당연한 대답이겠지만, 인센스와 캔들은 너무나도 다르기 때문이다. 겉 포장지에 쓰여 있는 머스크(musk)도, 시나몬

(cinnamon)도, 샌들우드(sandalwood)도 모두 내가 익히 오일로 맡아볼 수 있는 향이지만, 인센스로 만나는 것은 또 다른 느낌이다. 달라서 싫을 때도 있지만 가끔은 다른 것을 다름으로 즐길 수 있는 것도 신나는 일이다.

샌들우드는 인도나 스리랑카 같은 열대성 지역에서 재배되는 오일로 무척이나 이국적이고 부드러운 나무 향이 난다. 하지만 보통은 에센셜 오일이 아니라 인센스로 많이 만나게 된다. 인센스(incense)는 라틴어 'incénsus'에서 온 것으로, 헤아릴 수 없는 인간의 감성과 감정을 불러일으키는 것이라는 어원에서 비롯되었다. 지금은 태울 때 향기를 풍기는 모든 것들을 말한다. 샌들우드의 톱밥이나 가루, 오일을 얇은 대나무에 여러 겹 덧바르면 긴 막대스틱(죽향)이 만들어진다. 이것을 천천히 태우며 그 향과 함께 종교적 의식을 치르거나 명상을 하는 것이 일반적인 사용 방법이다. 오늘 새롭게 산 인센스도 이런 형태다.

샌들우드는 긴 시간 오랫동안 사용되어 왔다. 적어도 4000년 이상의 역사를 가지고 있다. 힌두교, 불교와 같은 여러 종교들의 의식에서도 꼭 필요한 요소다. 향이나 오일로 쓰이는 것이 대부분이었지만 사원을 짓는 건축재에 쓰일 정도로 종교에선 중요한 재료였다. 샌들우드의 내음이 가득한 공간에서 또다시 향과 오일로 이어지는 종교적 의식이라니, 진한 향이 가득한 그 의식의 순간이 눈앞에서 그려지는 듯했다.

언젠가는 그렇게 향기에 파묻혀 온몸과 마음 가득 샌들우드를 느끼면서 기도하고 싶다.

엄마의 작은 우주에 연하게 배어 있는

매일 새벽 3시 반, 우리 집엔 알람이 울린다. 엄마는 그 알람으로 하루를 시작한다. 비몽사몽의 얼굴로 주섬주섬 옷을 챙겨 입고 동네 언덕배기에 있는 작은 암자로 향한다. 매일 새벽 열리는 예불에 참석하기 위해서다. 지독히도 야행성인 나는 그 시간쯤 되어서야 슬슬 잠이 올까 말까인데, 나와는 달라도 너무 다른 엄마다.

함께 생활할 땐 괜히 정신도 차리지 못한 엄마에게 잔소리를 듣는 게 싫어 3시쯤 나만의 알람을 켜고, 엄마가 눈뜨기 전에 서둘러 불을 끈 후 자는 척을 하기도 여러 번이었다. 이 시간까지 뭘 하냐는 엄마의 잔소리가 듣기 싫기도 했지만 나는 눈도 뜨지 못하는 그 시간에 기도하는 엄마의 간절함을 이해하지도 못했다. 나이가 더 들면 매일 새벽에 끝없이 빌고 싶은 마음속의 소원이라도 생기는 것일까. 아니면 차곡차곡 쌓인 규칙이 일단 눈을 뜨게 하는 마법이라도 부리는 것일까. 루틴이라고는 없이 매일 뒤죽박죽인 삶을 사는 나로서는 가끔은 그런 규칙적인 엄마가 부럽기도 했다.

무엇인가를 간절하게 기도하는 마음은 어떤 것일까 궁금

하다. 매일 지극정성 같은 새벽기도를 다니는 엄마를 둔 터라 집에는 불교 경전이 가득하고 인센스도 늘 가까이 있었다. 그동안 몇 번이고 엄마는 나에게 염주를 쥐어 주거나 반야심경 같은 불교 경전을 건네주면서 간절히 바라는 것을 기도드려 보라고, 경건한 마음으로 절을 올려 보라고 나를 구슬렸다. 언젠가는 마음을 기댈 수 있는 종교가 필요한 시기가 올지도 모른다고 생각하고 있지만, 엄마가 말하는 지금은 나에겐 아직 아닌 것 같았다. 엄마가 엄마의 작은 세계를 천천히 키워 나간 것처럼 나의 세계에도 시간이 필요하기 때문일 것이다. 천천히 싹을 틔우고 꽃을 피우고 열매를 맺어 가는 자기만의 시간이.

함께 종교에 기대고 싶은 엄마의 바람은 아직 이루어지지 않았고 여전히 엄마의 기도를 함께 하지는 않지만 나는 엄마의 침대 곁 작은 공간을 사랑한다. 아담한 소반 위에 놓인 경전과 염불과 인센스는 엄마의 작은 우주 같다. 마음속 작고 소중한 바람이 얹어져 있다. 엄마의 우주를 덮어 두고 있는 다포엔 샌들우드 향이 연하게 배어 있곤 했다.

명상으로 내 마음을 들여다보는 일

샌들우드는 상록수과로 9미터까지 자라는 큰 나무이며, 가냘픈 가지가 많이 난다. 잎은 가죽의 질감을 닮았고 작은 꽃은 분홍색에 가까운 보랏빛이 돈다. 연노란색 혹은 연한 밤색을 띠는 점성 액체를 추출하기 위해서는 30년 이상을 키워야 하는데, 이렇게 추출된 오일에선 깊고 부드러우며 달콤한 나무 냄새가 난다. 동양적인 느낌이 진하다고 평가하는 사람들도 많다.

샌들우드(sandalwood)의 이름은 샌들우드를 부르던 산스크리트어인 'chandana'에서 유래했다. 내면을 조용히 들여다보고 싶을 때 찾게 되는 오일이라 긴 시간 동안 명상을 위해 사용되어 왔다. 티베트 승려들은 명상에 임하기 전에 샌들우드를 피우며 마음을 비운다고 한다. 그래서인지 샌들우드를 떠올리면 자연스레 명상이라거나 기도와 같은 단어가 연결된다.

하지만 명상이란 어쩐지 일상과 동떨어진 것 같은 단어다. 보통의 사람들, 특히 나와는 전혀 어울리지 않는 것 같은 느낌이다. 하루를 적당히 살아내기 바빠서인지 제대로 각을 잡고 앉아 자신의 내면을 조용히 들여다보는 일이 무척이나 어렵다.

가만히 멍 때리는 일은 잘하지만 명상은 잘 안되는 것 같아요, 하고 가까이 지내는 스님과 대담을 나눌 일이 있었다. "몸에 힘을 빼고 눈에 초점도 흐리고 가만히 아무 생각도 안 하는 일은 참 쉬워요. 요즘엔 멍 때리기 대회 같은 것도 있대요. 그렇지만 도통 명상은 어려운 일인 것 같아요. 가만히 등을 펴고 앉아 있는 일조차 버겁더라구요. 명상이 정말 도움이 되는 걸까 하는 의문도 쌓여요."라는 내 말에, 스님은 이렇게 대답해 주셨다.

"그냥 집중하는 것이라고 생각하면 좀 쉽지요. 편한 자세로 긴 시간 앉았을 때, 내 신체의 어느 부분이 제일 눌리고 아픈지와 같은 사소한 집중부터 시작하면 그게 바로 명상이에요. 천천히 숨을 들이마시고 들이마신 시간의 두 배를 써서 천천히 숨을 내뱉는 것, 그것에만 집중해도 훌륭한 호흡명상입니다."

그 정도라면 왠지 또 가볍고 쉬운 것처럼 느껴져 차분하게 샌들우드를 들이마시며 호흡에 집중한다. 1분 남짓 되었을까, 숨을 쉬는 일에 집중하려고 노력하니 들숨과 날숨에 따라 가슴이 천천히 움직이고 몸에 닿는 옷의 감촉이 도드라지게 느껴진다.

고작 1분간 가만히 앉아 있는 것도 힘든 나에게 아직 제대로 된 명상은 멀고도 먼 일이겠지만, 명상을 도와준다는 향의 힘을 믿어 본다. 편안히 앉아 샌들우드에 집중하는 것도 명상이 될 수 있겠거니 생각하면서. 이렇게 무엇에라도 집중하는 시간을 계속하게 되면 언젠가는 내 마음도 살며시 들여다볼 수 있게 되지 않을까. 가끔은 무엇이라도 손 뻗어 잡고 싶거나, 하찮은 것에도 기대고 싶은 순간이 있는 법이다.

나만의 우주를 천천히 키워서

나에게도 엄마처럼 침대 곁에 작은 우주가 있다. 엄마의 것과는 다르게 나의 향기 트레이 위엔 인센스와 작은 캔들만이 가득하다. 그중엔 일본에서 사 온 백단향도 있다. 백단(白檀), 혹은 백단향(白檀香) 역시 샌들우드를 부르는 다른 이름이다. 인도에서 제작하는 인센스는 대개 대나무 심지에 향료를 덧입히는 형태('Cored stick' 혹은 'Joss stick')가 대부분이라면 일본에서 생산하는 막대 향은 심지가 없는 형태('Solid stick')로 가늘게 만드는 것이 특징이다.

향도 인도산보다 조금 더 부드러운 느낌이 든다. 지역에 따라 부르는 이름이 다른 것처럼 각 나라의 취향의 차이를 반영하는 것일까. 인센스는 캔들에 비해 연소 시간이 짧고, 연기를 동반한 향이 세게 금방 퍼졌다가 느릿하게 가라앉는다. 그래서인지 향의 호불호를 더욱 강하게 느끼게 되어 선택에 신중해진다. 잘 고른 좋은 향기가 선사하는 짧은 시간이 소중한 까닭이다.

짧은 시간의 향이라면, 성냥도 하나의 향이다. 라이터를 이용해서 불을 붙이는 대신 성냥을 켜는 편이다. 마찰하는 순간 불이 붙으면서 화한 냄새가 터지는 것이 좋기도 하고, 짧은 나무가 타는 그 잠깐의 시간 동안 묵직한 나무 향이 지속된다. 가끔은 캔들에도, 인센스에도 불을 붙이지 않고 성냥에

깊은 밤, 아마도 나의 평안을 빌었을 것이 분명한
엄마의 기도를 떠올리며 백단에 불을 붙였다.

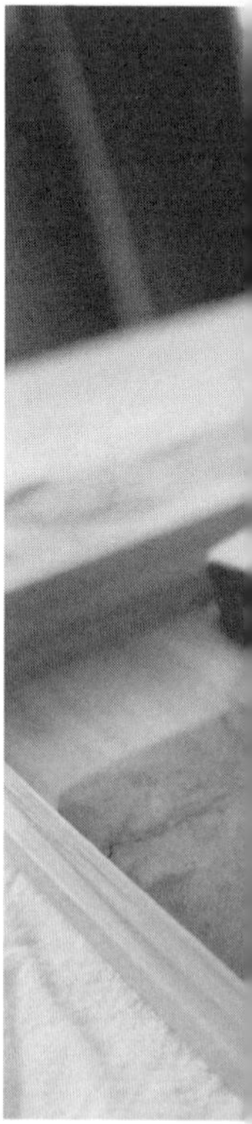

불을 붙여 작은 접시 위에 내려 놓아둔다. 나무가 타들어가는 그 잠깐의 불길이 짧고 강력한 인센스처럼 느껴진다.

깊은 밤, 아마도 나의 평안을 빌었을 것이 분명한 엄마의 기도를 떠올리며 백단에 불을 붙였다. 진한 인센스의 향기가 빠르게 방 안을 휘감는다. 그 공기를 충분히 느껴보고 싶어 숨을 깊게 들이마셨다가 다시 천천히 내뱉는다. 기도를 하는 일도, 명상을 하는 일도, 그저 가만히 앉아 있는 일에도 아직 익숙하지 않아 결국 바닥에서 일어나 느리게 찻물을 끓이고 차를 내렸다. 온갖 차가 가득한 서랍장에서 꺼내 본 오늘의 차는 봉투에 이름도 없이 별것도 아닌 것처럼 툭 하고 건네받은 녹차다. 엄마가 기도드리는 절에서 자라는 차나무에서 수확해 가마솥에서 아홉 번이나 덖었다고 자랑하는 '엄마 녹차'다.

엄마는 가끔 중요한 것을 별것 아닌 것처럼 가볍게 건네주곤 한다. 그 속에 들어 있을 노력과 시간을 아무렇지도 않게 넘기곤 한다. 시간을 들이고 기도를 올리며 소중하게 만들었을 녹차의 귀중함을 내가 대신 소중한 마음으로 우려 본다. 그동안 방 안 가득히 채워진 샌들우드의 잔향을 느끼며, 엄마의 기도의 힘으로 만들어진 차를 호로록 마시는 것으로 기도를 대신한다.

부처님께 기도를 좀 드리면 좋겠다는 엄마의 잔소리는 요즘도 드물게 들린다. 딸과 같이 불당에 앉아 있는 신도들이 부럽다는 말도 했다. 그때마다 나는 "엄마가 내 몫까지 대신

기도하고 있잖아."라는 말로 요리조리 도망가고 있다. 여전히 나는 종교가 없고, 가까이 있는 사람의 평안을 비는 기도를 하지 않는다. 그저 사찰에서 느끼는 계절감이, 세월이 새겨져 있는 건축물을 만지는 것이 좋아 구경하러 다니기만 한다. 깊은 밤이 될 때까지 잠에 들지 못하는 버릇도 그대로다. 가만히 앉아 명상을 하면서 나를 되돌아보는 일도 서툴다. 이런저런 생각을 하며 천천히 시간을 확인하니 벌써 엄마가 일어나 새벽기도를 드리러 갈 그 시간이다.

엄마와는 다르지만 나는 나의 시간을 소중하게 여기는 매일을 보내고 있다. 누군가의 향기 트레이를 채우는 일을 느리지만 단단하게 해 나가고 있다. 향을 만지는 일이 나의 또 다른 우주다. 언젠가 커다랗게 자랄 그 우주에서 향을 나누는 것으로 가까운 사람들의 평안을 빌고 싶다. 좋은 향을 만드는 작업, 그것을 나만의 기도로 만들고 싶다.

따뜻하게 좋아하는 마음,

베르가모트 —— **Bergamot**

루돌프 인간이다. 웃기지만 정말 그렇다. 찬 바람을 맞으면 루돌프처럼 늘 코가 빨개진다. 날이 추워질수록 코가 더 빨개진다. 사람들이 마치 온도계 같다며 한참 웃을 정도다. 도톰한 화장으로 얼굴을 가려도 코끝이 빨개지는 겨울은 내가 제일 싫어하는 계절이다.

겨울이 그다지 춥지 않은 남쪽 지방에서 태어나고 자랐기 때문인지 서울의 겨울은 아무리 애써도 익숙해지지 않는다. 뼛속이 시리고 자꾸만 움츠러드는 날들이 싸늘하기만 하다. 찬 바람을 맞으면 빨개지는 것은 코뿐만이 아니어서 손끝 발끝까지 싸하게 시려 온다. 장갑 위에 워머를 덧대어 껴 보고, 양말 위에 두툼한 니트 양말을 덧대 신어도 시리기만 한 온몸의 끝부분. 절대 익숙해지지 않을 이 계절이 얼른 지나갔으면 하고 겨울의 초입부터 빌고 또 빌어 본다.

하지만 겨울을 좋아하는 이유도 많다. 겨울의 냄새가 좋다. 겨울 냄새라고밖에 부를 도리가 없는 겨울만의 차가운 바깥 공기, 혀를 내밀면 차가운 금속 맛이 날 것 같은 비릿하고 날카로운 냄새다. 달이 뜬 깜깜한 밤에 소리 없이 눈이 내리는 날의 냄새도 사랑스럽다. 마음도 콧속도 촉촉하고 시원해진다.

코도 귀도 떨어져 나갈 것 같은 추운 바깥에서 갑자기 얼얼하게 녹아버리고야 마는 실내 공간으로의 이동이 재미있다. 서늘한 푸른빛 회색에서 따뜻한 붉은 주황색으로 순식간에 옮겨 가는 느낌이 든다. 정신이 멍멍해질 정도로 빠른 전환이라 정신을 차리지 않으면 그대로 빨려 들어갈 것 같은 어지러움이 찾아온다. 가끔은 그렇게 멍멍한 어지러움으로 살고 싶기도 하다. 뜨끈한 실내에서 몸을 데우고 있다가 밖에서 겨울의 냄새와 함께 훅 들어온 애인을 빠르게 안을 수 있는 현관 앞의 마중은 겨울에만 느낄 수 있는 차갑고 향기로운 짜릿함이다.

뜨뜻한 방바닥에 담요를 돌돌 두르고 누워서, 귤을 까먹으며 책을 읽는 꿀 같은 휴식을 할 수 있는 계절이라는 것도 사랑스럽다. 겨울엔 시큼하지만 달짝지근한 감귤의 냄새가 일품이다. 방 안 온도에 따뜻하게 데워진 손으로 차가운 귤껍질을 벗기는 것도 좋지만 난로 위에서 살짝 구운 따끈한 귤을 하지만 겨울을 좋아하는 이유도 많다. 겨울의 냄새가 좋다.
겨울 냄새라고밖에 부를 도리가 없는 겨울만의 차가운 바깥 공기,
혀를 내밀면 차가운 금속 맛이 날 것 같은 비릿하고 날카로운 냄새다.

차가운 손으로 집어 드는 것도 즐긴다. 차가울 때보다 훨씬 강한 달달함이 올라와서 퍼진다. 가만히 냄새만 맡아도 입 안에 침이 고이고야 만다. 알이 큰 오렌지보단 자잘한 감귤을 고르는 편인데, 과육 껍질을 벗겨내는 것을 반복해 손끝이 노랗게 물들고 시트러스 냄새가 손톱 끝에 기어이 남고야 마는 것은 겨울에만 누릴 수 있는 천연 향수다.

베르가모트는 그런 겨울철 귤을 닮은 주황빛의 난로 같은 오일이다.

다양한 곳에서 빛나는

오렌지색의 과일들은 온몸이 따뜻해지는 겨울의 과일처럼 느껴진다. 그래서인지 껍질이 있는 주황빛의 귤과 오렌지들은 겨울만 되면 자꾸 그리워지는 것일까. 하지만 과육에 너무 신맛이 돌아 먹지 못하는 감귤류도 있다. 그래서 에센셜 오일만을 취하기 위해 생산된다. 종자로 번식하지도 않아 가지의 눈을 다른 감귤류 나무에 접목해 번식시켜야 한다고 한다. 이름의 기원이 여러 개이기도 한 그 과일은 베르가모트(Bergamot)라고 불린다.

베르가모트는 작은 나무로 약 4.5미터까지 자라며, 부드러운 타원형 잎에 열매는 동그랗고 작은 오렌지 같다. 얇고 질긴 껍질을 가진 노란색의 열매는 익으면서 차차 더 짙은 빛으로 변해 간다. 이 과육의 향을 추출하는 방법은 아주 간단해서, 껍질 부분을 강판에 잘 갈아 향료를 따로 분리하기만 하면 된다. 오렌지 껍질을 깔 때 작은 물방울과 함께 냄새가 강하게 퍼지는 것을 떠올려 보면 쉽게 알 수 있다. 초겨울에서 초봄까지 수확해서 오일로 생산하는데, 겨울에 수확한 베르가모트는 초록빛이 많이 감돌며 시큼한 향이 더 많이 난다. 하지만 봄에 수확한 것은 조금 더 노란빛이 돌며 달달하다.

베르가모트의 이름은 많은 유래를 갖고 있다. 이 오일이 처음 거래되었던 이탈리아 롬바디 지역의 베르가모(Bergamo)라는 도시의 이름에서 유래되어 붙여졌다고 하거나, 과일 모양이 베르가모트라는 이름의 배와 꼭 닮아서라거나, 이 과일이 콜럼버스가 카나리아 제도(Canary islands)에서 스페인 바르셀로나 지역의 베르가(Berga)라는 도시로 운반하면서 알려졌기 때문이라거나 하는 여러 가지 설이 분분하다.

이런저런 곳에서 시작된 이 이름은 이제 다시 이런저런 곳에서 다양하게 사용되고 있다. 베르가모트는 향수에도, 화장품에도, 홍차에도 사용된다. 주위에서 쉽게 발견할 수 있는 향기이다. 시원하고 상큼하게 누구에게나 관심을 끌기 좋아 가벼운 오드콜로뉴(Eau de Cologne)* 향수 제품군에 종종 사용

* ——— 향수의 일종이다. '콜로뉴(독일 쾰른의 프랑스명)의 물'이라는 뜻으로 알코올에 감귤계를 주로 배합한 상쾌하고 가벼운 향수이다.

된다. 나폴레옹 시대에는 네롤리, 로즈메리 등과 블렌딩한 향이 유행해서 손수건에 뿌리고 다니기도 했다. 감귤류의 산뜻함이 알코올 성분을 타고 빠르게 발산해 사라지는 것이 특징이고, 수분이 많아 공간이나 의류, 옷이나 머리카락에도 뿌릴 수 있는 그 시대의 만능 향수였다.

베르가모트는 가향차에서도 빠질 수 없는 중요한 요소가 된다. 클래식한 홍차에 베르가모트 향을 섞은 것을 얼그레이 티라고 하는데, 베르가모트 특유의 약간 새큼한 향기가 홍차를 상큼하고 가벼운 맛으로 바꾸어 준다. 특히나 우유에 티백을 담그고 팔팔 끓이면서 우려내면 얼그레이 밀크티가 되는데 따끈한 차 한 잔에 온몸이 따뜻하게 주황빛으로 물드는 느낌이 된다. 익숙한 향을 품은 이런 가향차들은 홍차에 익숙하지 않은 사람에게도 쉽게 다가갈 수 있는 친근함이 있다.

'따뜻한 스웨터'의 포근함

베르가모트의 느낌을 담은 향을 만들고 싶어 라벤더와 일랑일랑을 더해 '따뜻한 스웨터'라는 이름을 붙였다. 추워서 자꾸 웅크리고만 마는 겨울에 자꾸 손길이 가는 스웨터처럼 차가워지는 우울한 기분에 작은 활기를 불 피우고 싶은 마음이었다. 포근하게 감싸 안아줄 수 있는 이미지를 떠올리며 블렌딩했다.

긴장되거나 우울한 마음엔 장미나 재스민도 효과가 좋다고 알려져 있지만 이런 꽃 계열은 가격이 높아 자주 사용하기 힘들다. 그럴 때 베르가모트로 대체하기도 한다. 스트레스를 감소시키는 효과가 있는 그레이프프루트의 대체품으로도 훌륭하다.

감귤류는 다른 오일에 비해 저렴하게 구할 수 있다. 쉽게 긴장이 되거나 늘 걱정거리를 안고 사는 사람이라면 바질과 베르가모트를 곁에 두면 좋다. 신경을 다스려 주는 바질의 강한 향에 부드러운 베르가모트가 가미되어 천천히 깊은 심호흡을 할 수 있게 도와주고 가라앉은 기분을 띄울 수 있게 해준다. 베르가모트와 라벤더, 네롤리를 함께 쓰면 마음의 불안정함을 달래 주며 편안히 숙면을 취할 수 있게 한다. 언뜻 톡 쏘는 것 같지만 부드러운 느낌으로 어디든지 쓰면 좋은 상큼한 오일이다.

건조한 겨울엔 가습기를 곁에 두는 습관이 있는데, 오일을 넣어 사용하면 수분과 함께 향이 공간을 채운다. 간단하고 편하게 사용할 수 있는 향기 확산법 중 하나이다. 캔들이나 디퓨저를 사용하는 것보다 호흡기에 더 부드럽고 깊숙이 다가온다. 베르가모트는 어떤 오일과 만나도 기분 좋은 상쾌함이 퍼지는 기분이라 가습기 오일을 제작할 때 꼭 챙기곤 한다. 무엇과 섞어도 몸과 마음의 피로를 풀어 주면서 천천히 숙면을 취할 수 있게 해 준다.

공기가 무거운 겨울에도 가볍게 향이 금방 퍼지는 탑 노트라 커다란 사이즈로 만들어 주방이나 식탁, 화장실 등 재빨리 냄새를 제거해야 하는 공간에 두는 것을 추천한다. 금세 주황색의 따스한 공기를 만들 수 있다.

마음을 아끼지 않고 표현하는 일

차갑지만 다양한 냄새를 맡을 수 있어 겨울이 좋다. 이리저리 쓸모가 많고 향이 따뜻하기까지 한 오일이라 베르가모트를 자주 사용한다. 베르가모트 향이 나는 얼그레이 티를 마시는 것을 즐긴다.

싫어하던 것들도 작은 계기로 갑자기 마음이 바뀔 수 있다. 좋아하는 이유를 찾다 보면 싫어하는 것들도 점차 줄어든다. 한참 싫어했던 추운 겨울은 작고 귀여운 자동차가 생기고 난 이후엔 싫어하는 마음이 가셨다. 자동차 덕분에 추운 날씨에도 엉덩이 따뜻하게 신나는 음악을 들으며 여기저기 새로운 곳으로 옮겨 다니는 일이 가능해졌기 때문이다.

좋아하는 것들을 말하면 기분도 밝아진다. 좋은 이유를 떠올리면 마음이 데워지면서 행복해진다. 그래서 싫은 것보다 좋아하는 것이 많은 사람이 되고 싶다. 좋아하는 것을 말할 때 확고한 사람이 되어야지, 좋아하는 것을 좋아한다고 아끼지 않고 소리 내어 많이 말하는 사람이 되어야지, 하고.

깜깜한 하늘에 노란빛으로 밝게 빛나는 달을 가만히 바라보면 베르가모트가 생각난다. 따뜻하고 시큼한 그 향이 달처럼 동그랗게 고이는 것 같은 기분이 든다. 달을 좋아한다고는 말하고 다니는데, 그래서인지 친구들은 하늘에 달이 뜨면 날 떠올린다고 했다. 예쁘게 달이 떴다고 문자로 알려 주거나 사진을 찍어 보여 준다. 선물할 일이 있을 때 달을 모티브로 한 아름다운 것들을 주기도 한다. 오늘 달이 정말 근사하게 떠 있는데 봤느냐고, 지금 당장 하늘을 올려다보라고 서로서로 호들갑 떠는 시간을 보낼 수도 있다. 달이 예쁘네요, 라는 말이 사랑의 고백으로 쓰였다는 이야기를 친구들에게 들먹이며 사랑하는 마음을 에둘러 표현하기도 한다.

바쁘고 지친 하루의 끝에 베르가모트의 주황빛 같은 달을 볼 수 있는 밤이 있다. 아무것도 보이지 않는 까만 밤에도 마음을 데워 주는 베르가모트를 지필 수 있다. 슬픔이 흐르는 세상에서도 사랑스러운 것들이 넘치는 일상이라 다행이다. 좋아하고 사랑한다는 마음을 아끼지 않고 충분히 표현할 수 있는 자세를 잃지 말자고 다짐한다. 마음을 표현하거나 자랑하는 일에 서투른 나지만 계속해서 말하는 연습을 하고 싶다. 혹여 말로 다 표현할 수 없다면 서투른 언어를 대신할 꼭 맞는 향들을, 아름다운 것들을 만들어 그 마음을 대신 보여주고 싶다. 좋은 향기는 좋은 감정으로 데려다준다는 것을 널리 알리고 싶다.

사랑했던
그 사람의
향,

페퍼민트 —— Peppermint

결벽일 정도로 잘 씻는, 비누 냄새가 나는 남자가 이상형이었다. 매일같이 밤을 새우며 꾀죄죄한 트레이닝복을 입고 다니는 남자들 사이에서 공부하고 일을 하던 때였다. 며칠째 머리도 안 감고 옷도 안 갈아입어 꼬질꼬질한 정도가 심할수록 그것이 더 열심히 노력하고, 작업했다는 증명이라도 되는 것처럼 생각하는 사람들이 많았다.

쉴 새 없이 담배를 피우고 인스턴트커피를 마시고, 잠깐의 씻는 시간마저 쪽잠의 일부로 편입시키는 사람들은 이상한 악취를 만들어 내는 기계 같았다. 그런 사람들 속에 섞여 있는 것이 너무 피곤해서 집에 돌아오면 자꾸만 좋은 향기에 기대고 싶었다. 좋은 향이 나는 사람이 곁에 있었으면 했다.

그 사람은 언제나 희미한 치약 냄새와 함께 날 만나러

왔다. 손끝엔 어쩐지 비누 향도 묻어 있었다. 반갑다는 인사보다 먼저 마중 나오는 기분 좋은 상큼함을 킁킁거리면서 내가 물었다.

"어떻게 늘 이렇게 좋은 향과 함께 도착하는 거예요?"

그가 말했다.

"근처에 오면 화장실에 가서 양치하고 손을 씻어요. 깨끗한 손으로 당신 손을 잡고 싶고 혹시나 만나자마자 뽀뽀할 수도 있으니까."

가끔은 막 샤워를 한 것 같은 향기로 등장할 때도 있었다. 분명 회사에서 일하다가 온 사람인데 도대체 어떤 마법을 부리는 건지 궁금해서 캐물으면 서둘러 회사 샤워실을 이용해서 깨끗이 씻고 나왔다는 말을 하기도 했다. 담배를 피우는 사람들과 긴 회의를 해서 혹시나 이상한 냄새가 묻었을까 걱정이었다며.

막 씻은 깨끗한 냄새처럼 사람을 설레게 하는 향이 있을까. 나는 막 양치한 입술 끝에 남은 치약 맛을 느끼고 싶어서 괜히 얼른 키스해 달라고 칭얼거리기 일쑤였다. 치약의 민트 향이 스치는 키스는 매번 기분 좋았다.

나에게 민트는 그 사람과의 행복했던 시간이다.

정말 키스하고 싶은데 살짝 토할 것 같아.

I would totally kiss you, but I think I just threw up in my

mouth a little.

나 민트 있을거야.

I might have a mint.

—〈스파이더 맨, 파 프롬 홈(spider man, far from home)〉

숨길 수 없는 선명한 감각

비슷한 냄새가 있었던 것 같은데, 하고 고개가 갸웃거려지는 오일이 있는가 하면 누가 맡아도 정답을 알 수 있을 정도로 쉬운 것도 있다. 누구에게나 "앗, 이거 민트죠?"라는 대답이 나오는 오일은 바로 민트 계열의 대표적인 허브 페퍼민트다. 민트는 여러 교배종이 있는데 그중 가장 많이 알려지고 재배되는 품종은 페퍼민트, 스피어민트, 애플민트이다. 페퍼민트는 워터민트와 스피어민트의 교배종으로, 그 향이 후추(pepper)의 톡 쏘는 냄새와 닮아서 페퍼민트라는 이름이 붙었다. 깨끗하고 시원해서 치약 맛이 날 것 같은 개운함이다.

많은 사람들에게 치약으로 연상되는 민트는 원래 그리스 신화의 '민테(Minthe/Minta)'라는 요정의 이름에서 유래했다. 지옥의 신 하데스와 사랑에 빠진 민테를 질투한 하데스의 왕비, 페르세포네가 모든 사람들이 밟고 지나가도록 강가에서 볼품없이 피는 꽃의 풀로 만들었다고 한다. 꽃 대신 달콤한 향기로 존재감을 주장하는 그 풀이 바로 민트이다.

처음엔 유럽과 중동 지역에서 주로 재배되었지만, 지금은 전 세계적으로 쉽게 재배되며 어디서든 만날 수 있는 허브의 일종이다. 라틴어로 '풀(herba)'이라는 뜻을 가진 '허브(Herb)'는 향이나 약으로 이용할 수 있는 식물 모두를 부르는 말이기도 하다. 어디에나 쓸 수 있는 이로운 식물이라기보다는, 향신료나 커피처럼 향을 이용할 수 있는 넓은 의미의 식물이라고 기억하면 좋을 것이다.

페퍼민트는 연노란색 혹은 연녹색의 액체로 코를 관통하며 찌르는 듯한 강한 향이 나지만 그 끝은 살짝 달콤하기까지 한 풀 냄새가 난다. 하지만 대개는 처음의 진한 향을 자극적으로 느끼기 마련이고, 그래서인지 호불호가 강하게 나뉜다.

그리스 신화에서부터 등장하는 민트는 긴 시간 다양하게 사용되었는데, 이집트에서는 무려 기원전 1000년 전의 페퍼민트에 관한 자료가 무덤에서 발견되었다. 이집트인들은 페퍼민트를 종교의식에 쓰는 향수로 사용했고 프랑킨센스, 시나몬 등과 함께 키피(Kyphi)라는 신성한 향의 재료로 쓰기도 했다. 유럽에서는 방향제로 쓰거나 목욕물에 향을 내기 위해 사용했으며, 로마인들은 페퍼민트의 해독 효과를 활용해 축제 기간 동안 화환으로 사용하기도 했다. 철학자 플리니우스는 페퍼민트 왕관이 그것을 쓴 사람의 정신과 혼을 고양시킨다고 생각했다.

페퍼민트의 효능은 대부분 멘톨(menthol)이라는 성분에서 나오는데, 멘톨은 진통 효과가 있어 통증을 완화시켜 준다. 한때 유행했던 이런저런 허브농원 같은 곳들을 구경하고 나오는 길엔 꼭 허브와 관련한 아이템을 파는 가게가 있었고, 그 가게의 점원들은 한결같이 "스트레스에 좋은 오일입니다."라면서 페퍼민트 마사지 크림이나 롤온(Roll-on) 향수를 귀 뒤나 목 뒤에 발라 주곤 했다. 아마도 다른 오일에 비해 가장 즉각적으로 시원하고 선명한 효과를 느낄 수 있는 오일이기 때문이었을 것이다. 그리고 이때 느꼈던 시원함이 바로 멘톨의 효과다.

페퍼민트는 정신을 맑게 해 주며 냉각 작용이 강해 시원한 느낌을 준다. 과민 상태일 때 생길 수 있는 불면증이나 우울증 같은 증세를 완화해 주기도 하는데, 라벤더와 함께 사용하면 두통이나 불면증에 더 좋은 효과를 볼 수 있다. 머리가 지끈거리거나 마음이 불편할 때, 혹은 긴장되거나 예민해지는 순간에 사용하면 상큼하고 새로운 기분으로 힘을 내게 해 줄 것이다. 상쾌한 향이 머리를 맑게 하니 활력 있게 하루를 시작하는 데도 도움을 준다. 특히 레몬, 티트리, 로즈메리 등과 블렌딩한 캔들이나 디퓨저를 준비해 두면 아침에 개운하게 일어날 수 있다. 가끔은 아침으로 민트차를 마시기도 하는데, 카페인이 가득한 커피보다 더 빨리 정신이 번쩍 드는 느낌이다. 차로 마시지 않더라도 신선한 민트 잎을 뜨거운 물에 넣고 김을 들이마시면 막힌 코가 뚫리고 편안해지기도 한다.

강한 페퍼민트는 존재감이 뚜렷해서 소량일지라도 그 향이 굳건하게 자리 잡는다. 그 확고한 존재감은 숨기지 못하는 기침이나 사랑의 감정을 닮은 것도 같다. 왠지 잘 섞이지 않고 튈 것 같은 느낌이 드는지 사람들이 "여기에 민트를 조금이라도 첨가하면 어떻게 되는 거예요?"라고 물어올 때가 많다. 나는 종종 이렇게 말해 주곤 한다.

"나 민트야. 여기 섞여 있지! 이것 봐!"

좋은 향기를 품은 사람으로 기억되고 싶어

상대방이 품고 있는 향기에서 오는 힘을 알게 된 후로는 누군가를 만나기 전에 나를 한 번 더 체크하게 되었다. 킁킁거리며 혹시나 불쾌한 냄새가 배어 있는 것은 아닌지 확인하는 버릇이 생겼다. 이왕이면 좋은 냄새로 상대방에게 기억되고 싶기 때문이다.

만나게 되는 상대방에게 어떤 냄새가 나는지도 잘 살피게 된다. 본인에게 잘 맞는 매력적인 향수를 뿌리는 사람도 물론 좋지만, 깨끗하고 단정한 냄새의 사람이 너무 좋다. 그런 사람들에게 끌리곤 한다. 좋은 체취가 나는 사람들을 만나고 그 습관을 닮고 싶다.

인간의 체취에는 개개인의 특정한 인간백혈구항원(HLA)이 반영되어 있다. 피부 표면에선 항원이 암호화하고 있는 단백질이 박테리아에 의해 분해되고 있고, 그 부산물이 사람의 고유한 체취를 형상하고 있다. 그게 이른바 '살 냄새'라고 부르는 것의 정체라고 『욕망을 부르는 향기(The Scent of Desire)』의 저자 레이첼 허즈 박사는 말한다. 그래서 같은 향수를 뿌려도 고유한 체취와 결합되면 전혀 다른 향기가 되거나 향의 색이 바뀐다. 어떤 사람에게 좋은 향이 난다고 해서 그와 같은 향수를 사용해도 같은 향기가 나지 않을 수 있다는 것이 재미있다. 본인에게 딱 맞는 향수를 찾는 여정이 쉽지 않은 이유이기도 하다.

체취는 강한 기억으로 오랫동안 남는다. 사랑했던 사람과 헤어지면 그 사람의 향이 생각난다. 생각이 난다기보단, 잊히지 않는다. 그리움이 밀물처럼 향으로 밀려온다. 아이들의 애착 인형처럼 그 사람이 두고 간 옷이 너덜너덜해질 때까지 손에서 놓지 않고 얼굴을 파묻는다. 길을 걸을 때도 코를 스쳐가는 냄새 중에 익숙한 향이 있는지를 애타게 찾게 된다.

향이 옅어지면 마음도 옅어지면 좋겠는데 후각은 언제나 기억보다 강하다. 과자 조각이 섞인 홍차 한 모금에 일요일 아침 레오니 아주머니와의 추억을 금세 떠올리는 『잃어버린 시간을 찾아서』의 마르셀 프루스트 같은 마음이 된다. 즐거움도, 슬픔도, 혹은 잊고 싶지 않은 추억도 어느 향인가에 섞여 언젠가 돌아올 수 있다고 생각하니 즐겁기도 하지만 쓸쓸해지기도 한다.

파리를 여행하던 날이었다. 피곤한 줄도 모르고 긴 시간 걸어 다녀 무거워진 몸과 마음으로 지하철을 탔다. 파리의 지하철은 외부로 통하는 문이 두껍고 무거웠다. 지하철이 멈추면 손으로 무거운 레버를 열어야 지하철 밖으로 나갈 수 있고, 개찰구를 통과하는 문은 매달려도 될 만큼 튼튼했다. 그래서 손으로 밀어 연다기보다 온몸으로 부딪쳐 세게 밀어서 열곤 했다.

그렇게 여느 때와 다름없이 철창살 같은 문에 몸을 기대려는 순간, 묵직한 손잡이 대신 너무 좋은 향기가 코끝에 와서 그대로 멈추었던 적이 있었다. 깜짝 놀라 고개를 들어보니 세련된 옷차림과 그에 어울리는 향수를 뿌린 노신사가 싱긋 웃으며 문을 잡아 주고 있었다. 고마운 마음에 "Merci"라고 환하게 웃으며 인사했고, 그분은 기분 좋은 얼굴로 우리가 빠져나올 때까지 무거운 문을 잡아 주었다.

매너 넘치는 행동이 멋있고 인상적인 사람이었지만, 그 무엇보다 그분과 어울리는 경쾌하고 진한 향수의 이미지가 너무 오랫동안 기억에 남았다. 파리의 지하철은 무겁고 축축한 향이라고만 생각했는데, 그다음 날부턴 경쾌하고 상큼한, 민트 같은 공간이 되었다. 좋은 향기를 가진 멋진 사람을 만난 공간으로 기억에 남았기 때문일 것이다.

요즘도 가끔 그 노신사를 만난 파리의 지하철을 떠올리곤 한다. 나에게 딱 맞는 옷과 멋진 매너, 좋은 향수를 가진 사람. 나도 차차 그런 사람으로 나이 들어가고 싶다.

오래된 것들이 천천히 말을 거는 느낌,

파출리—— Patchouli

작업실 근처에 작은 빈티지 가게가 있었다. 가까워 자주 왕래를 하는 사이에 빈티지 제품의 매력을 하나씩 발견할 수 있었다. 가까이 두고 잘 알아 가면 저절로 좋아지게 된다는 말을 믿을 수 있게 되었다. 빛이 나는 새것도 좋지만, 누군가의 손길이 묻어 있고 사용감이 있는 형태들이 친근해 더 아껴 주고 싶은 마음이 들었다.

모서리가 닳고 세월이 새겨진, 묵직한 나무 냄새의 커다란 가구들을 집에 들이고 싶었지만 작은 집을 빌려 살아가고 있기도 했고, 늘 큰 결정 앞에선 주춤하고야 마는 성격 때문에 티팟과 컵앤소서 같은 소품들만 하나씩 집으로 데려오곤 했다. 집에 들이지 못하는 아쉬움은 이 가게에 앉아 느긋하게 차를 얻어 마시면서 눈과 코에 담는 것으로 대신했다. 묵직한 향으로 가득 찬 공간에서 좋아하는 음악을 들으며 이런저런 이야기도 나눌 수 있는 완벽한 우리만의 티타임이었다.

이런저런 세월과 추억이 쌓인 물건들로 가득한 이 빈티지 가게에 앉아 냄새를 가만히 맡으면 파출리의 향이 은은하게 감도는 것을 느낄 수 있었다. 그즈음에 영화 〈뷰티 인사이드〉의 원작을 찾아보게 되었는데 그때의 기분도 마찬가지였다. 노트북 브랜드 '도시바'와 반도체 브랜드 '인텔'은 합작 캠페인 시리즈 CM인 'The Beauty Inside(내면의 아름다움)'을 만들었다. 겉이 어떤 모양으로 변하든지 그 안에는 같은 것이 있다는 것을 로맨스 영화를 빌려 설명하는 캠페인이다.

주인공은 매일 아침 새로운 얼굴의 자신을 마주하게 된다. 예측할 수 없이 매일 달라지는 외모 때문에 사랑하는 사람에게 고백도 할 수 없지만, 변하지 않는 마음으로 하루하루 켜켜이 시간이 쌓인 골동품 가구를 복원하고 판매한다. 사용한 사람들의 흔적이 고스란히 쌓여 있지만 여전히 그 모습을 유지하며 사용되는 오래된 가구를 쓰다듬고 복원하는 그의 손길에서 마치 파출리가 은은하게 묻어나오는 느낌이 들었다.

오래된 것들이 천천히 말을 거는 듯한 느낌, 그게 바로 파출리다.

공간을 향의 언어로 표현하는 일

시그니처(signature)는 사람들에게 강하게 인식될 수 있도록 하는 독특한 특성을 만들어 주는 일이라고 설명할 수 있을 것이다. 어떠한 공간을 대표할 수 있는 시그니처 향을 조향하거나 캔들을 만드는 작업은 즐거운 일이다. 공간의 시그니처 향은 단순히 향기로 머무르지 않고 그곳에서의 기억으로 확장되어 이어진다. 사람들은 공간을 채우고 있는 향을 맡은 느낌을 본인만의 경험으로 바꾸어 저장한다.

좋은 향기가 행복한 기억으로 남을 수 있고, 적당한 향기는 공간의 경험치를 더 풍성하게 한다. 올팩토리 메모리(Olfactory Memory), 후각 기억이라고도 불리며 최근 주목받고 있는 마케팅이다. 종종 의류를 취급하거나 생활용품을 취급하는 브랜드 혹은 공간을 대표할 수 있는 특별한 시그니처 향을 제작해 달라는 의뢰를 받는다.

사람들의 손길이 닿은 오래된 물건이 가득한 빈티지 느낌의 공간 '올드 시네마'를 위한 향을 제작했다. 파출리와 로즈우드, 일랑일랑을 잘 블렌딩한 진한 버건디 색의 캔들을 만들었다. 캔들의 이름 역시 이 공간의 이름을 따 '올드 시네마'라 붙였다.

사람을 위한 향을 만드는 것과 달리 공간을 위한 향을 만드는 작업은 같으면서도 다른 매력이 있다. 불특정 다수가 방문하는 공간을 위해 그곳을 가장 잘 표현하는 방법을 찾는 일이다. 공간이 품고 있는 이야기를 향으로 옮길 수도 있고, 향으로 그 전과는 다른 새로운 공간을 만들어낼 수도 있다.

건축을 전공한 나는 공간을 만들고 구성하는 일을 배웠다. 무엇보다 사람이 편하게 머물 수 있는 생활공간을 만드는 사람이 되고 싶어 주거공간 설계를 하기도 했다. 하지만 지금은 향으로 공간을 채우는 일을 한다. 향을 구석구석 입혀 새로운 표정의 공간을 만든다. 혹은 만들어진 공간을 향기의 언어로 표현한다. 또 다른 의미의 건축이다. 건축의 확장이라고 생각한다.

공간을 파악하고 구성하는 공부가 지금의 디딤돌이 되어주었다고 생각한다. 의미 없이 흘러가는 시간은 없다. 배움의 순간들이 잘 쌓여 더 좋은 향을 만들 수 있게 한다. 그래서 무엇이든 끝없이 배우고 싶다. 요즘엔 어딜 가나 공간을 채우고 있는 것들을 찬찬히 살피게 된다. 새롭고 낯선 곳들을 둘러보는 일이 즐겁다.

긴 시간 천천히

낯선 나라로 여행을 떠나게 되면 일부러 오래된 제품들을 잔뜩 가지고 나와 판매하는 플리마켓 같은 곳을 찾아가곤 한다. 어떤 물건들을 즐겨 쓰는지, 어떤 생활을 하곤 했는지가 은연중에 잘 보이기 때문이다. 빛나는 새 물건도 좋지만 그 나라의 사람들이 사용한 이야기가 있는 물건과 함께 여행을 마무리하는 것은 또 다른 추억이 된다. 모서리가 둥글게 낡은 엽서와 사진들, 노랗게 세월이 묻어 읽을 수 없는 책, 얼룩이 그대로 남아 있는 테이블 매트나 레이스, 낡고 꾀죄죄한 오래된 인형들 사이에서도 파출리 향이 난다. 아마도 이 오일이 그만큼 오랫동안 여러 용도로 우리 주변에서 사용되었기 때문인지도 모르겠다.

인도, 중동, 유럽의 19세기 삼각무역 관계에서 파출리는 없어서는 안 될 식물이었다. 이 잎의 향기가 벌레를 막는 힘을 갖고 있다고 알려졌기 때문이다. 특히 아시아의 카펫, 직물, 의류 등의 운반을 위해 거칠게 빻거나 으깬 파출리를 흩뿌렸다. 겹겹이 뿌려진 파출리는 실크로드를 건너는 긴 기간 동안 나방이나 작은 벌레를 퇴치하고 곰팡이 발생을 막는 방충제로 사용되었다. 아랍인들은 파출리를 카펫이나 인도산 직물에 향수 대용으로 사용하기도 했다.

파출리(patchouli)는 타밀어로 녹색 잎을 뜻하는 단어 'pachchai(green)', 'ilai(leaf)'의 조합에서 유래했다. 짙은 오렌지색 또는 갈색빛이 나는 끈적하고 무거운 제형으로 진하고 달콤한 풀 향, 매운 향, 진한 나무 냄새가 섞인 듯한 느낌이 난다. 오래된 것들이 쌓여 있고 먼지가 가득한 창고를 걷는 무거운 기분이 들지만, 점차 바닐라 향 같은 달콤함이 남아 포근하게 안긴 듯한 기분이 된다.

파출리의 묵직함은 우드 계열을 대표하는 향기 중 하나인데, 그중에서도 제일 자극적이고 강한 향을 내는 편이다. 처음엔 다소 강하지만 점차 더 깊고 색다른 맛이 날 수 있는 오일 중 하나이다. 마치 잘 숙성될수록 향기가 좋아지는 와인 같다. 가만히 오랫동안 남은 향을 음미하고 싶은 마음이 드는 것은 그 때문이다. 시간이 쌓일수록 향기의 매력도 함께 쌓이는 느낌 때문인지 중국 사람들은 두루마리 책에 사용하는 향기 나는 잉크로 제작하기도 했다고 한다.

차곡차곡 쌓인 이야기의 향으로

"학창 시절에 이 친구는 어떤 아이였어요?"

친구의 연인을 만나는 자리가 서로 어색해서 뭐라도 이야기 나누어야 하는 순간에 오고 간 질문이다. 친구는 웃으면서 "얘는 그냥 책 읽는 애였어요. 늘 책을 끼고 살았어요."라고 대답했다.

정말 그랬다. 십 대의 나는 도서관에서 살다시피 하는 사람이었다. 책을 읽는 것이 곧 공부하는 것이라고 생각했던 부모님은 책과 관련된 것이라면 무엇이든 허락해 주셨다. 어딘가에서 얻어 오거나 할부로 사들인 전집들이 집에 가득했지만, 그래도 더 필요하다고 하면 흔쾌히 허락해 주었다. 궁금한

모서리가 둥글게 낡은 엽서와 사진들, 노랗게 세월이 묻어 읽을 수 없는 책,
얼룩이 그대로 남아 있는 테이블 매트나 레이스, 낡고 꾀죄죄한 오래된
인형들 사이에서도 파출리 향이 난다.

pièce
5€
Pièce

것을 물어보면 늘 스스로 책에서 찾으라는 대답을 해서 또 책을 손에 쥐어야 했다. 책에서 배우는 것들이 중요하다고 믿는 분들이었다. 그래서 지금도 책을 사는 일을 즐겨하고 집엔 책이 너무 많아서 이사할 때마다 곤혹스럽다. 하지만 책을 사랑하는 사람이 되었기 때문에 포기할 수 없다.

글을 읽는 것만큼이나 책의 냄새를 맡는 것이 좋다. 공기가 맑고 좋은 날엔 창문을 활짝 열고 집에 쌓여 있는 책 페이지를 천천히 넘기면서 종이와 공기가 만나게 해 주는 시간을 가진다. 종이의 변색을 막고 책을 깨끗하게 관리할 수 있는 방법이기도 하다.

책장에서 시간이 쌓인 책들은 모두 미묘하게 다른 냄새가 나는데 페이지를 넘기면 그 냄새들이 기분 좋게 코를 간지럽힌다. 마치 책 속의 수많은 이야기가 각각의 향으로 치환된 느낌이다. 그래서 서점보단 도서관에서 책을 만나고 싶다. 빳빳한 새 종이에서 나는 신선한 잉크 냄새보다는 손때가 묻고 먼지가 쌓인 책에서 나는 오래된 잉크 냄새가 좋다. 파출리를 닮은 차곡차곡 쌓인 이야기들의 향기다.

향을 가까이하고 만드는 것도 그런 이야기를 닮으면 좋겠다. 향을 창조하는 일이 이야기를 만드는 일과 같아지면 좋겠다. 시간이 지날수록 진하게 익어 가는 이야기가 있는 향이고 싶다. 시간이 흐를수록 달고 묵직한 냄새를 풍기는 파출리처럼.

오르락내리락하는 시소같은 마음,

일랑일랑 —— Ylang-Ylang

무리한 일정으로 일을 받아서 마감하느라 숨이 턱 끝까지 차올랐다. 하지만 이대로 배곯을 수는 없으니까 무슨 일이든지 해야 했다. 그런 빠듯한 봄이었다. 불과 몇 달 전까지만 해도 일 없어서 한가롭고 여유롭다고 자랑했는데 갑자기 바늘 하나 들어가지 않을 것 같은 빽빽함이 들어찼다. 규칙적인 월급을 포기하면서 예상한 인생이지만 가끔은 손쓸 수도 없이 당황하는 나를 발견한다. 바쁜 일정을 체크하면서 톱니바퀴처럼 나를 굴렸다.

그리고 꼭 더운 여름이 오기 전에 무사히 마감을 하고 친구와 어딘가로 떠나기로 약속했다. 그래야 할 것 같았다. 어떤 곳이든 무작정 떠나 아무것도 하지 않기로 했다. 우리에겐 그런 시간이 필요했다. 모든 것을 내려놓고 떠날 수 있는 낮선 곳이 필요했다. 어딘가로 떠나야 다시 제자리로 돌아올 수 있을 것 같았다. 이왕이면 노랗고 커다란 일랑일랑 꽃이 피는 동남아의 어디라면 더 좋을 것 같았다.

어디론가 갈 수 있다는 믿음이 톱니바퀴를 돌게 하는 기름이었다. 곧 떠난다는 당연함, 어디든 갈 수 있다는 해방감이 필요했다. 하지만 서로의 바쁨은 덩치가 너무 커서 틈을 보여주려 하지 않았다. 안간힘을 써서 여행을 예약하고 떠나기로 한 날의 바로 전날, 친구에게 갑자기 연락이 왔다.

"나 너무 아파. 어떡하지?"

몽롱한 기분으로 두통약을 챙겨 먹으며 여행을 기다리던 나는 그 문자에 오히려 머릿속이 선명해지는 느낌이 들었다. 그럼 그렇지, 인생이 이렇게 쉬울 수가 있나. 프로젝트의 시작과 진행이 삐걱댔던 것처럼 이 여행도 삐걱댈 수밖에 없었다. 우리의 인생은 당최 맘대로 되지 않는 것이니까. 거의 포기 선언을 한 친구의 상태를 촘촘히 체크하며 어떻게 하는 게 좋을지 고민했다. 무리해서 친구를 데려갈 수도 없었지만, 친구와 함께 일상에서 탈출해서 아무것도 하지 않기로 한 이 날들을 버리고 싶지도 않았다. 어떻게든 결정을 내려야 할 데드라인까지 마음을 미루었지만 결단을 내린 쪽은 오히려 친구였다.

"가자. 무조건 가자. 너 힘든 마감 끝났고 이것만 남았다는 소리가 너무 마음에 남아. 안 되겠어. 우리 떠나자."

고민 끝에 정신을 차리니 내 마감이 끝났다는 이야기에

힘든 몸을 이끌고 먼 길을 달려와 준 친구가 곁에 있었다. 내 마음을 세심하게 헤아려 주는 사람이 있었다. 사실 그것만으로도 이미 여행은 다 한 것 같은 느낌이었다.

소원대로 덥고 습한 동남아시아의 낯선 나라, 베트남 소도시 나트랑이 도착지였다. 여행 다니는 것을 즐기지만 휴양은 처음이었다. 볼거리도 즐길 거리도 없는 한적한 리조트엔 심심함만 덜렁 남아 있을 것 같아 그동안 피해 왔던 여행이었다. 하지만 그건 경험해 본 적 없는 사람의 완벽한 착각이었다. 시시각각 변하는 하늘을 온종일 바라볼 수 있는 다채롭고 평온한 시간이 이어졌다.

아침의 산책로와 저물녘의 산책로는 완전히 다른 빛의 장소가 된다는 것을 알게 되었다. 숙소의 커다란 욕조에 몸을 담갔다가 차가운 수영장에서 수영을 했다. 떠오르는 해를 바라보며 매트를 깔고 요가를 했다가 다시 지는 해를 바라보며 같은 것을 했다. 경험하지 못한 것은 알 수 없다는 걸 느끼게 해 준 시간이었다. 아무것도 하지 않아도 괜찮지만 무엇을 해도 행복했다. 다행히 친구의 컨디션도 괜찮아졌고, 우리는 몽글몽글 따뜻한 두부가 된 것 같은 기분으로 며칠을 함께 보냈다.

흥분과 여유의 시간을 보낸 베트남 리조트에서는 하얀색의 꽃나무를 자주 볼 수 있었다. 산책길에도 방 안에도 하얀색의 꽃이 넘실댔다. 사람들이 종종 일랑일랑이라고 착각하는 이 꽃은 플루메리아(Plumeria)라고 불리는 꽃이다. 새벽 산책길엔 직원들이 땅에 떨어진 꽃들을 주워 정리하기 바빴고, 리조트 곳곳엔 이 꽃이 장식되어 있었다. 이 역시 오일로 쓰이거나 향수의 재료로도 많이 쓰이기 때문에 비슷한 꽃으로 착각하기 쉽다. 동글동글 하얀 꽃잎이 아니라 노란색의 길쭉한 꽃잎을 가지고 있는 꽃이 동남아에서 많이 자라는 일랑일랑 꽃이다.

말레이어로 '꽃 중의 꽃'이라는 뜻을 가진 일랑일랑, 이것은 나무에 주렁주렁 매달리는 꽃의 모양에서 나온 말이라고 알려져 있다. 한편 생산지인 필리핀에서 'ilang-ilang'이 '희귀한'이라는 뜻을 가지므로 '굉장히 희귀한 향을 내는' 열대우림의 식물로 이해되기도 한다.

일랑일랑은 키가 큰 열대 나무로 크고 연약하며 분홍, 엷은 자주색, 노란색의 향기로운 꽃이 주렁주렁 달리는데 그중 노란 꽃이 에센셜 오일을 추출하기에 최상으로 평가된다. 아침 일찍 딴 신선한 일랑일랑 꽃을 수증기로 증류하여 오일을 얻는다. 증류할 때의 온도나 시간에 따라서 품질이 여러 단계로 나뉘는데, 고급 향수부터 저렴한 비누용 향에 이르기까지 널리 사용된다. 달콤한 느낌을 낼뿐더러 이 향엔 사람들의 마음이 쉽게 빠져들게 하는 특징이 있기 때문이다.

일랑일랑은 지금도 향수에 많이 쓰이는 오일 중 하나이다. 허브에 비하면 다소 비싼 가격이지만 다른 꽃 계열에 비해선 가격이 저렴한 편에 속해서이다. 일랑일랑은 재스민과 비슷한 향을 내지만 재스민보다는 가격이 저렴하기 때문에 '가난한 이들을 위한 재스민'이라 불리기도 하는데, 우수한 품질의 일랑일랑 오일은 재스민과는 다른 독특한 느낌을 지니고 있다.

우리 삶의 리듬을 닮은 오일

지친 사람들의 휴양이 컨셉이었던 우리에게 리조트 마사지샵은 매일매일 들렀던 코스 중 하나였다. 이곳에선 원하는 오일을 골라 마사지를 받을 수 있게 프로그램이 짜여 있었는데 일랑일랑으로 부드럽게 마사지를 받으면 온몸의 긴장이 풀리고 기분이 안정되는 느낌이 들었다. 어깨가 뭉쳐 마사지가 아프게 느껴졌던 친구도 편안하게 마사지를 받는 것 같아 안심이 되는 곳이었다. 나와 친구는 일랑일랑의 향기를 맡으며 바쁜 일상을 보내느라 딱딱하게 굳은 근육을 이완시키고 몸에서 힘을 뺄 수 있었다. 걷기도 힘들었던 팔다리가 방금 수영장 물속에서 느꼈던 것 같은 가벼운 몸이 되었다.

힘을 뺄 수 있는 몸과 마음이 되자 얼른 다시 서울로 돌아가고 싶어졌다. 손끝까지 향기롭게 말랑말랑해진 지금이라면 다시 바쁜 일상으로 돌아가도 무거운 일들을 가볍게 해치울 수 있을 것 같은 기분이 되었다. 실컷 놀았기 때문에 다시 움직이고 싶어졌다.

일랑일랑은 따뜻하게 어루만져 주는 마사지처럼 마음을 다스려 준다. 왠지 이유 없이 긴장감이 지속되거나 급속도로 흥분 상태가 될 때, 혹은 신경이 곤두서 있거나 우울한 기분으로 편안한 밤을 보낼 수 없을 때 필요하다. 달콤하게 도취되는 것 같은 꽃 향으로 마음을 부드럽게 가라앉힐 수 있다. 스트레스성 부정맥이나 가슴 두근거림을 가라앉히며, 높아진 혈압도 천천히 끌어내린다고 한다.

누구든 언제나 쭉 뻗은 직선 같은 삶을 살 수는 없다. 우리는 오르락내리락하는 곡선 위에서 아슬아슬 줄타기를 하는 것 같은 날들을 보낸다. 일랑일랑은 그런 우리의 곡선 같은 리듬을 닮은 오일이다.

그때의 여행을 생각하면 다정하고 행복한 마음이 든다. 기분이 들뜨기도 하지만 도리어 편안한 마음으로 변한다. 우리의 불규칙한 생활은 종종 자신의 목을 조르지만, 상대방의 마음을 읽어 주고 배려해 주는 친구가 있어 그런 하루도 무탈하게 잘 보낼 수 있다. 힘든 몸으로 나를 배려해 준 친구가 있었기 때문에 평온한 마음으로 다시 서울로 돌아와 내가 있어야 할 자리에 앉았다. 들쑥날쑥하고 예측할 수 없는 일상을 보내는 내가 거기에 있었다.

여행에서 돌아온 후 나는 편하고 여유로웠던 베트남을 떠올리며 일랑일랑과 라벤더, 사이프러스를 블렌딩해서 룸 스프레이를 만들었다. 침실에 가볍게 뿌리자 푸르름이 가득한 따뜻하고 평화로운 그날의 마음을 고스란히 담은 것 같은 느낌이 되었다. 강한 산뜻함에 왠지 다시 베트남에 가 있는 것처럼 마음이 안정되었다.

들쑥날쑥한 매일이지만

일뿐만이 아니라 우리의 사이도 마찬가지다. 곁에 있는 많은 친구들과의 관계도 그렇다. 같은 결을 가진 사람들이라 같은 문제에 부딪히고, 같은 이야기에 행복해한다. 서로의 마음을 너무 깊이 챙기느라 그 곁에 찰싹 붙어 있는 중요한 문제를 보지 못할 때도 있지만 소원해졌다가도 다시 작은 일들로 가까워진다. 나의 바쁨은 친구의 여유로움에 섞여 덜어지고, 친구의 아픔은 내 행복으로 옅어진다. 혼자 살아가는 것 같지만 혼자가 아니고, 바쁘기만 한 것 같지만 작은 여유가 있다.

요즘도 바쁜 나날이 찾아오면 어디론가 떠나고 싶어진다. 뭐라도 하고 싶은데 도통 아이디어가 떠오르지 않을 때도 마찬가지다. 훌쩍 떠나서 다 털어내고, 가벼워진 기분으로 일랑일랑에 취하고 싶다.

아무 데도 갈 수 없는 날엔 지나간 여행 사진을 가만히 바라본다. 채도가 높은 하늘과 바다를 찍어 둔 사진을 넘겨 보다 그 풍경을 쏙 빼닮은 캔들을 만들었다. 다양한 색으로 그라데이션 표현을 하는 '랜드스케이프(land-scape) 캔들', 이라고 이름 붙인 요즘의 작업이다. 똑같은 모양으로 만들어질 수 없는 들쑥날쑥한 표현법이지만 그건 또 그것 나름대로 재미있다. 각자의 여행 사진을 함께 보고 풍경을 캔들로 그려 내는 또 다른 여행이다.

매번 다른 모양이 되는 랜드스케이프 캔들처럼 자유로운 작업을 하는 시간엔 일랑일랑이 떠올라 리드미컬한 기분이 든다. 달콤하지만 강하고, 느리지만 깊숙이 취하는 향의 마음이 된다. 하지만 불안하기만 한 것은 아니라 다정하고 행복한 마음이 넘쳐흐른다. 어떤 모양이 될지 모르는 불안감으로 디자인하지만 굳은 캔들을 꺼내면 빛나는 풍경이 담긴다.

일상생활의 답답함도 언젠가는 깊은 내면이 되어 돌아올 것 같다. 아이처럼 철없이 굴다가도 어느새 어른 같은 됨됨이를 보여줄 수 있을 것 같다. 때로는 부메랑이라도 시소라도 좋다. 들쑥날쑥하지만 올라갔다 내려올 수 있고, 멀리 갔다가 돌아올 수 있다. 그리고 그 돌아올 자리에서는 예전의 나보다 더 자란 내가, 더 깊어진 향이, 잘 마무리된 캔들이 기다리고 있을 것이다.

사사롭고 사소한 즐거움,

레몬그라스 —— Lemongrass

"향을 만드는 사람이니까 늘 좋은 것만 골라서 쓸 수 있겠어요. 너무 부럽네요." 하는 이야기를 종종 듣는다. 혹은 "집에선 어떤 것들을 쓰시나요? 개인적으로는 어떤 향을 제일 자주 쓰시나요?"라는 질문도 받는다. 취미 삼아 캔들을 만들다 공부를 하게 되고 그게 또 다른 직업이 된 지금이기 때문에 그런 이야기를 듣는 것은 당연할 수도 있겠지만, 오히려 지금은 이런 질문들에 말문이 막히고 만다. 그럴싸한 좋은 향을 쓰고 있다고 말하고 싶은데 그렇지 않기 때문이다.

오늘 아침, 집에서 잠시 불붙였던 캔들은 지난번 블렌딩에 실패한 향이다. 조금 더 묵직한 느낌이었으면 했는데 레몬그라스 비율이 너무 커서인지 기대보다 더 발랄하게 끝나버려 혹시나 하는 마음으로 캔들로 만든 것이다. 부드러워진 느낌이 나쁘진 않지만 몇 번의 테스트를 더 하면 좋을 것 같다는 생각을 하면서 잔향을 음미했다.

추워진 날씨에 옷장에서 꺼낸 코트에 뿌린 스프레이는 에탄올과 정제수의 비율을 테스트하고 있는, 아직 이름 붙이지 못한 향이다. 에탄올의 비율이 적었기 때문인지 오일의 문제인지 두 성분이 방울방울 섞이지 못했다. 오일 분리를 걱정했지만 패브릭에 얼룩을 남길 정도는 아니라는 것을 확인했다. 이것도 몇 번의 테스트를 더 해 보면 좋을 것이다.

방금 작업실에서 불 피운 캔들은 사 가셨던 손님이 터널링이 너무 심하게 되었다며 다시 돌려준 쓰다 남은 캔들이다. 녹여서 버릴까 하다가 아직 생글하게 남아 있는 레몬그라스가 왠지 아까운 생각이 들어 컨테이너를 호일로 감싸 불을 붙였다. 오늘 하루 종일 쓸 수 있을 것 같은 양이다. 친구들은 내 자동차에 앉으면 역시 향을 만지는 사람이라 왠지 차에서도 상큼한 냄새가 난다고 감탄하지만, 차에 걸어 둔 방향제는 '잘 가, 모기야' 시리즈를 제작하다 실수로 레몬그라스를 대량으로 엎질러버린, 블렌딩 비율에 실패한 시트러스 느낌이 강한 것이다.

어느새 테스트 중인 캔들, 실패한 향, 쓰다 남은 조각 방향제 같은 것들이 나를 둘러싸고 있다. 지금 나에게 꼭 맞는 것으로 골라 써야지, 하다가도 침대 곁 캔들 트레이가 텅텅 비어 있는 것을 발견한다. 어떤 날엔 지친 나머지 아무런 향을 맡지 못하고 까무룩 잠들어버릴 때도 있다. 쌓인 고민을 곱씹느라 향의 도움을 빌리는 것을 생각하지도 못하고 밤새 불면에 시달릴 때도 있다. 작은 불빛의 즐거움을 사람들에게 말하면서 정작 나의 작은 즐거움을 놓쳐버리는 날이 있다.

좋아하는 것들로 트레이를 가득 채우기만 하는 것으로도 삶은 빛날 텐데, 하고 생각할 때가 많다. 인생이란 사사롭고 사소한 즐거움으로 반짝반짝 빛나는 행성이기 때문에.

조만간 시간을 내어 이 계절에 딱 맞는 나의 향을 만들어야겠다고 생각하는 밤이다.

가벼운 상큼함의 즐거움

레몬그라스는 더운 지방에선 오래전부터 열병이나 감염증을 예방하는 데 쓰였다고 알려진 약용 허브다. 마치 억새풀 같은 길쭉한 형태지만, 잎을 찢어서 냄새를 맡으면 상큼한 레몬 내음이 난다. 레몬그라스(lemongrass)라는 이름 역시 '레몬 향기가 나는 풀'이란 뜻이다.

레몬그라스는 레몬과 같은 향을 내는 시트랄(citral)을 함유하고 있는데, 이 성분은 각종 냄새를 없애는 데도 도움을 준다. 시트로넬라에 있는 시트로넬랄(citronellal) 성분이 비슷한 비율로 들어 있어 시트로넬라 오일과 함께 벌레 기피제로도 쓰이고 있다. 작업실에서 만드는 모기 기피 시리즈에도 함께 사용하고 있다.

레몬그라스는 노란색 또는 적갈색의 끈적한 형태인데 보통은 두 가지 종류의 오일로 유통된다. 오일을 고를 때 라벨을 조금 더 유심히 보면 원하는 성향에 가까운 것을 찾을 수 있다. 'C. citratu'는 스리랑카에서 재배되며 흙내음이 도드라지고, 'C. flexuosus'는 원산지가 인도이며 비교적 레몬의 느낌이 강하게 퍼지는 차이가 있다. 작업실에서는 스리랑카산 오일을 사용하고 있다. 레몬과 닮았지만 또 다른 느낌으로 다가오는 시원한 상큼함은 로즈메리, 라벤더 등의 허브 계열이나 스파이시한 계열과 잘 어울려 종종 함께 블렌딩하곤 한다.

무기력한 상태에 빠졌을 때 산뜻한 기분 전환용으로 자주 사용한다. 과육의 찐득한 상큼함이 아니라 풀잎이 바람에 날리는 듯한 상큼함이다. 답답한 마음에 슬쩍 창문을 하나 열어 두는 것 같은 기분이 된다. 바람이 왕창 들어오진 않지만 슬며시 나를 간지럽히는, 그런 사사롭고 사소한 즐거움에 빠지게 하는 가벼움이다.

아시아에서는 레몬그라스를 음식의 향료로도 많이 쓴다. 나는 향신료가 잔뜩 들어간 동남아시아 음식을 잘 먹는 편이다. 태국이나 베트남을 여행하면 향신료가 진한 현지인의 맛집을 찾아다니는 일정을 꼭 챙긴다. 레몬그라스나 고수가 듬뿍 들어간 반미(Bánh mì, 베트남 바게트 샌드위치)나 똠얌꿍(tom yam kung, 태국식 스프)을 먹고 또 먹는다. 로션 냄새가 난다거나 너무 자극적이며 시큼한 느낌이라거나 해서 맛을 보는 둥 마는 둥 하던 친구에게 미안할 정도로 혼자서 너무 잘 즐긴다.

여행을 떠나면 이유 없이 식욕이 솟구치는 성격이 영향을 끼쳤을지도 모르지만, 매끼 향신료가 가득하던 식탁은 내게 행복이었다. 태국의 한 식당에서 고수와 레몬그라스가 듬뿍 들어간 음식을 정신없이 먹던 나에게 친구가 감탄하듯 "너 정말 진심으로 맛있어 하는구나."라는 이야기를 건넸다. 여행이 끝난 지금도 가끔 진한 향신료의 태국 음식을 찾는다. 냄새만 맡아도 입가에 침이 고이는, 시큼하고 진한 그 맛이 매혹적이다. 레몬그라스의 맛이다.

골라 즐기는 작은 즐거움

맛뿐 아니라 향이 매력적인 음식을 찾는다. 음식뿐 아니라 다양한 향이 섞여 있는 가향차도 좋아하며 가까이 두는 편이다. 가벼운 마음으로 차를 꺼내 향기를 맡고 쉽게 호로록 마시는 즐거움을 놓칠 수 없다.

가향차는 향의 느낌을 설명하거나 전할 때도 꽤 요긴하다. 비슷한 향의 오일을 앞에 두고 차를 마시면서 차이점이나 공통점을 찾을 수도 있다. 요즘엔 다양한 브랜드에서 엄청난 스펙트럼으로 가향차들이 나오고 있어 고르는 재미가 쏠쏠하다. 가향차들에 붙은 '윈터드림(winter dream, ronnefeldt)'이나

'달빛걷기(오설록)' 같은 라벨은 블렌딩해 놓은 오일의 이름을 붙일 때 유용한 참고가 되기도 한다. 혹은 가향차를 마시면서 느낄 수 있는 기분들로 아이디어를 다듬기도 한다.

새해가 되면 마음이 좀 급해진다. 일본 홍차 브랜드인 루피시아의 홈페이지를 들락날락거리며 'The Book of Tea'라고 불리는 차 컬렉션의 발매 스케줄을 체크해야 하기 때문이다. 매년 컨셉을 가지고 30개의 티백과 매치시키는 재미있는 기획이다. 30개의 티백을 하나씩 골라 마시는 재미도 있지만 각각의 차에 어떤 이야기를 담았는지를 읽어 보는 일도 즐겁다. 어떤 컨셉으로 새해를 시작하게 되는지 두근두근하다.

올해는 '행복의 문과 차(ポルトボヌールとお茶, Porte-Bonheur with Tea)'이다. 달과 별과 고양이의 예쁜 패키지에 마음이 홀렸다. 네잎클로버나 무당벌레, 제비와 같이 행복을 가져다주는 오브제들과 이미지를 각각의 차와 매치했다. '차(茶)'와 '다기(茶器)' 또한 다양한 문화 속에서 사랑받고 있는 행복과 행운, 휴식의 상징이라는 말과 함께. 예쁜 그림이 잔뜩 그려진 티백을 하나하나 꺼내 보다 내가 제일 사랑하는 초승달이 그려진 티백에 마음이 쏠렸다. '초승달과 아다지오(三日月Xアダージを, crescent moon x ADAGIO)'라고 쓰여 있는 티백을 뜯자마자 상큼하게 퍼지는 향에 위안받는 기분이 된다. 그레이프프루트와 루이보스와 레몬그라스의 블렌디 티였다.

쌀쌀한 날씨라 따뜻한 티로 즐겼지만 아이스티로 추천하

고 있으니 차갑게 마시는 것도 좋지 않았을까 하며 차가운 맛도 상상해 본다. 빠른 속도로 상큼하게 퍼지는 그레이프프루트와 레몬그라스가 기분 좋은 느낌이라 나중에 오일로도 확인해 봐야지, 디퓨저로 만들어보면 좋겠다, 하며 다이어리에 체크해 둔다. 기분 전환엔 향이 늘 옳다.

따뜻하고 시큼한 차를 마시면서 가향차 리스트를 찬찬히 살펴본다. 어떤 찻잎을 기반으로 어떤 향들을 입혀서 새로운 차로 만들었는지 재미있는 조합들을 체크해 둔다. 다양한 것들에 자극받은 체크리스트는 풍성해진다. 해 보고 싶은 조합은 쉽게 끝이 나지 않는다. 아무리 하고 또 해도 설레는 일, 끝나지 않는 일이 있다는 것이 30개의 티백을 고르는 일보다 더 두근두근하고 신난다.

아무리 걸어도 끝나지 않는 길을 즐겁게 걷는 나를 상상한다. 티백에 예쁘게 그려진 그림 속 서쪽의 저녁 하늘에 빛나는 초승달을 바라본다. 이 달은 "광택을 되찾아가는 초승달"로 날마다 변하며 차오르는 모습은 성장과 발전을 의미하는 행운의 모티브라고 한다. 천천히 차오르는 달처럼 그렇게 다이어리 속 블렌딩 리스트도 하나씩 쌓여 나의 큰 즐거움이 되어줄 것이다. 누구나 가벼운 마음으로 기쁘게 향을 즐길 수 있도록, 많은 이들의 향기 트레이를 잘 채워 주는 역할을 하고 싶다.

식은 찻잔같이 쫓기는 마음,

페티그레인 —— Petitgrain

“니콜은 때때로 마시지도 않을 차를 우린다.”

부부의 이혼 과정을 담은 영화 〈결혼 이야기(Marriage Story)〉의 도입부 대사이다. 마치 사랑의 시작을 담담히 고백하듯, 서로의 장점을 말하는 부분이다. 그 대사와 흐르는 장면에선 티백이 담긴 아직 마시지도 못했거나, 마시다 만 잔들이 집 안 곳곳에 놓여 있다. 영화의 내용과 상관없이 찻잔이 눈에 밟혔다.

아마도 니콜은 차를 마시고 싶어 우렸다가 급한 다른 일들에 마음이 쫓겨 차가 거기에 있다는 사실을 잊었을 것이다. 영화 속 어지러운 집 안 곳곳 아무렇게나 놓인 찻잔을 보며 작업 중인 나의 테이블을 바라보았다. 누군가가 내 작업 테이블을 설명하면 이와 같은 장면이 되지 않을까. 나의 하루도 그렇다. 정리되지 않은 테이블 위엔 다 식은 커피와 차가 찰랑거린다.

커피나 한잔할까 하고 커피를 내렸다가 쫓기는 일들에 잊고 만다. 차를 내리면서 천천히 생각해 볼까, 차를 마시는 동안만이라도 잠깐 쉬어 볼까, 했다가 몇 시간 뒤에 손도 대지 않은 차갑게 식은 티팟을 발견한다. 긴 시간 찻물이 우러난 식은 차는 씁쓸하고 미지근하다. 씁쓸한 맛이 도는 차를 한 모금 하는 순간, 왠지 페티그레인 향이 떠오른다.

회사를 다니지 않고 혼자 작업하고 있다는 이야기를 하면 반응이 정반대로 나뉜다. 절반 정도는 "쉬고 싶을 때 알아서 쉴 수 있으니 너무 좋겠네요."라고 하고, 나머지 사람들은 "그럼 온종일 일하는 것 같은 기분이겠어요." 같은 말을 해 준다.

둘 다 맞는 말이다. 쉬고 싶을 때 스케줄을 조절할 수 있는 것이 장점이라면 장점이겠지만 그게 마음대로 되지 않을 때도 많고, 24시간 일하는 것 같은 기분으로 하루를 보내기도 한다. 매일매일 마음이 바쁜 기분이다. 마시다 그냥 둔 찻잔이 여기저기 늘어져 있는 것처럼, 마음 편히 커피 한잔을 못 마시는 것처럼, 쫓기는 사람처럼 매일을 산다.

회사에 다닐 때와 달리 일을 지시하는 윗사람도 없고 일의 속도를 맞춰야 하는 팀원들도 없어서 마음이 더 편할 것 같았는데 쫓기는 마음이 된다. 무엇에 쫓기는지 누구에게 쫓기는지 알 수 없어 더 무섭다. 차라리 누군가가 언제까지 무슨 일을 마무리해서 나에게 가져오라고 명령하던 그 시절이 마음은 편했던 것 같기도 할 정도다.

하루 종일 무엇을 했는지 잘 모르는 상태로 집에 돌아와서 누우면, 하려고 했다가 하지 못한 일의 목록들이 눈앞에서 아른거린다. 시간의 여유가 있을 거라 생각했던 일들은 벌써 코앞으로 닥쳐 있고, 벌써 끝냈어야 했지만 종일 생각도 나지 않던 일도 침대에 누운 그 순간 생각난다. 지금 일어나서 좀 할까, 내일 할까, 언제 다 할 수 있을까 고민하다 잠들지 못한 채로 시간을 흘려보내게 된다. 무기력하게 지친다. 눈을 떠서 눈을 감을 때까지 일을 하는 기분이 된다.

늘 일에 쫓기는 것 같은 생활에 몸도 마음도 지쳐 회사를 그만두었는데, 더 쫓기는 삶을 살고 있다. 쫓기지 않는 일상이란 이번 생엔 실현 불가능일까, 이번 생은 망한 걸까, 생각이 들며 더 힘겨울 때가 있다. 그럴 때 나는 페티그레인의 도움을 받고 싶어진다.

그래도 괜찮아, 라고 말해 주는 오일

페티그레인은 비터오렌지의 잎에서 추출한다. 잎을 따서 문지르면 손끝에 남는 풋내에 미묘하게 옅은 꽃 향이 살짝 더해진 느낌이다. 아직 덜 익어 단맛보다 쓴맛이 더 세게 느껴지는, 새파란 귤같이 느껴지기도 한다. 파릇하게 달려 있는 새 잎처럼 연한 노란색의 가벼운 오일이다.

초기에는 덜 익은 작은 체리 같은 사이즈의 과실에서도 추출해 오일을 만들었다. 이것이 마치 자그마한 곡식 같고, 잎을 증류한 뒤에 물 위로 떠오르는 입자가 작은 알갱이 같아서 '작은(petit) 입자' 혹은 '곡식 알갱이(grain)'라는 페티그레인(petitgrain)이 되었다. 지금은 과실이 아닌 잎과 잔가지에서 주로 오일을 추출하지만 여전히 이 이름을 그대로 사용하고 있다. 비터오렌지뿐 아니라 레몬, 베르가모트, 만다린 같은 다른 감귤류의 잎에서 추출하는 오일들도 역시 통칭해 페티그레인이라고 한다.

페티그레인은 괜스레 마음이 바쁘고 깊은 잠을 못 이루는 날에 사용하고 싶다. 일단 모든 일을 그만두고 당장 쉬어야 할 필요가 있다고 느끼는 사람에게 추천하곤 한다. 향을 맡으면 힘이 풀리고 급한 일들도 손에서 놓고 싶어진다. 주전자의 뜨거운 물로 찻잔을 따뜻하게 데우고, 잘 우러난 차를 한잔 마시고 싶어진다. 팽팽한 긴장이 끊어지는 느낌이다.

페티그레인은 집중할 필요 없이 늘어져야 하는 순간에 어울린다. 하던 일을 다 내려놓고 푹신한 의자나 소파에 온몸을 기대어야 할 때 생각난다. 잠을 잘 못 자는 상황이 이어져 정신적으로 지치고 그게 불안과 화로 이어질 때, 그런 아슬아슬한 감정들을 더 크게 키우지 않게 해 준다. 가끔은 긴장도 집중도 내려놓아야 한다. 페티그레인과 오렌지, 네롤리와 사이프러스를 블렌딩한 오일엔 불안한 감정을 잘 다스릴 수 있게 되기를 바라는 마음으로 '오늘은 괜찮아'라는 이름을 붙여 보았다.

피곤한 마음으론 아무것도 하지 못한다. 쉬는 일에도 연습이 필요하다. 쉬어 간다고 일을 못 하게 되는 것은 아니다. 잠시 주저앉아 쉴 수 있는 사람은 다시 잘 일어나서 엉덩이를 털고 천천히 앞으로 나갈 수도 있다.

시골 할머니의 찻물은 따뜻해서

"놀면 뭐 하노."

아마도 중학교 이후 한참 만에 겨우 찾아간, 시골에서 만난 할머니의 입버릇이다.

절뚝거리는 불편한 다리를 붙잡고 잠시도 쉬지 않으면서, 할머니는 계속 이 말을 했다. 잠시도 가만히 있지 못하는 엄마의 엄마다웠다. 엄마도 매번 이런 말을 달고 사는 것 같은데, 이 부지런한 DNA가 나에게는 전달되지 못한 것일까. 할머니는 좀 가만히 누워 있고 일하지 말라는 나의 잔소리에 놀면 뭐 하냐고, 가만히 있을 시간에 몸을 재빨리 놀려 뭐라도 해야 한다고 말했다. 아마도 한평생 농사짓고 집안일을 하느라 잠시도 쉴 틈이 없으셨을 것이다. 쉬는 법을 모를 터였다.

추석 명절이라 풍성한 논과 밭을 볼 수 있을 거라 생각했는데, 논에는 아직 쌀이 노란빛으로 물들지 못했고, 아픈 무릎 때문에 관리가 불가능해진 할머니 밭엔 아직 풋내 가득한 새파란 대추가 달려 있었다. 느긋하게 시골 풍경이나 보고, 천천히 산책이나 하는 시간을 보내려고 했는데 아무것도 시작하지 않았지만 이미 여기서 나는 게으름뱅이였다.

할머니는 불편한 다리를 그러안고 주방에서 마당으로, 마당에서 다시 창고로 계속 움직이기 바빴다. 멀리서 온 손녀에게 이것도 저것도 챙겨 줘야 한다고 마음이 급했다. 나는 아무것도 하지 않으려고 일부러 시골에 내려갔는데 괜히 할머니를 더 바쁘게 만들었다.

"할매, 쫌 가만히 있어요. 놀면 그냥 노는 거죠. 안 놀아도 그냥 가만히 있는 거. 쉬어야지."

"아이고, 가만히 있으면 우짜노. 뭐라도 해야재."

가만히 있는 것도 가만히 있는 일을 하는 것이라는 것, 다시 움직이기 위한 힘을 잘 보충하는 것이라는 걸 설명해 주고 싶었다. 가만히 크고 깊게 숨을 잘 쉬어야 무엇이라도 할 힘이 생긴다는 것을 할머니는 언제쯤 알 수 있을까. 엄마처럼 할머니도 일일연속극 할 시간이 되어서야 쫓기듯 서둘러 방안으로 들어왔다. 뜨뜻하게 데운 아랫목에 나란히 누워서 신나게 드라마를 한 편 보고 있자니 그제야 시골의 여유가 느껴졌다. 엄마는 여기 없지만 마치 엄마의 스케줄과 꼭 닮은 할

늘 일에 쫓기는 것 같은 생활에 몸도 마음도 지쳐 회사를 그만두었는데,

더 쫓기는 삶을 살고 있다. 쫓기지 않는 일상이란 이번 생엔

실현 불가능일까, 이번생은 망한 걸까, 생각이 들며 더 힘겨울 때가 있다.

그럴 때 나는 페티그레인의 도움을 받고 싶어진다.

머니 때문에 셋이 다 모인 것 같은 기분이 되었다. 왠지 기분 좋은 풋내가 집 안으로 들어오는 것 같은, 서울보다 더 깜깜하고 깊은 밤이었다.

고작 며칠 할머니 집에서 뒹굴뒹굴하고서 식량 창고를 탈탈 털어 왔다. 동네의 특산품인 사과와 풋내가 나는 호박잎도 잔뜩 얻었다. 시큼한 내가 나는 노각은 껍질을 벗기고 속을 파는 손질까지 해서 챙겨 주셨다. 왠지 건네받는 봉투마다 페티그레인을 닮은 내음이 배어 있는 것 같았다.

할머니의 보온 주전자에 잔뜩 담긴 찻물을 내내 얻어 마시는 것도 모자라 할머니 차통까지 받아 왔다. 서울 집에도 보리차를 비롯해 온갖 녹차와 홍차가 있다고 했지만, 할머니는 다시 요 앞에 가서 나무를 털어 오면 된다고 했다. 무릎이 아파 제대로 일어서지도 못하면서 털긴 뭘 터냐고 구시렁댔지만 결국 다 받아 왔다.

바쁜 흐름을 타야 하는 서울로 돌아온 밤, 그래서 온전히 혼자가 된 깊은 밤에 할머니 차통을 열어 물을 끓였다. 둥굴레인지 결명자인지 그것도 아니면 무엇인지, 이것저것 들어 있는 차통 내용물로 끓인 차는 진하고 구수했다. 그리고 따뜻했다. 오늘은 페티그레인 없이도 잘 쉬어 간다. 멀리 있는 할머니의 고마움으로.

흔들거려 중심을 잘 잡지 못하는 나에게,

제라늄 —— Geranium

부산에서 태어났지만, 서울에서 살고 있다. 고등학교에선 문과였지만 이과인 건축과로 진학했다. 건축을 전공해서 아파트를 설계하는 일을 했지만 지금은 손을 움직여 작고 향이 있는 것들을 만드는 일을 하고 있다. 다양한 향의 캔들을 제작하고 있어요, 라고 말하지만 작업실에선 뜨개질도 하고 글자도 쓴다. 최근엔 서예를 배우기 시작했고, 지금은 향에 관한 이야기를 쓰고 있다. 도무지 종잡을 수 없는 삶을 살고 있다. "뭐 하는 사람이에요?" 하는 질문에 한마디로 정의 내리는 일이 어렵다.

예측할 수 없는 의외의 일을 하고 있기 때문에 어떻게 지금의 일을 하게 되었나요, 어떤 단계를 밟아 지금의 자리에 있게 되었나요, 등의 질문에 대답해야 하는 경우가 종종 있다.

그럴 때마다 넘실거리는 파도 위에 떠 있는 작은 돛단배 같은 인생을 살고 있다고 입버릇처럼 말하곤 한다. 나는 늘 흔들거린다. 어딘가를 향해 마음먹고 노를 저어 진행한다기보다는 가만히 흔들거리다 닥쳐오는 파도에 맞추어 더 크게 흔들리거나 어딘가로 밀려 움직여 간다.

알 수 없는 곳으로 자유롭게 흘러가는 것 같은 삶이다. 종착지를 알 수 없는 미스터리 항해 중이라고 해야 할 것 같다. 덜컹대는 배 위에서 멀미하지 않으려면 물결에 따라 움직이는 배의 박자에 맞추어 몸도 흔들려야 한다고 했다. 내가 딱 그 모양새다. 가끔 파도처럼 밀려오는 도전이 재미있기도 하지만, 어디로 향하고 있는지 모르는 항해가 불안하기도 하다. 불안하다가도 어느 순간엔 또 재미있다. 잔뜩 비틀거리는 삶을 살고 있다.

어떤 날엔 지금의 삶이 너무 만족스럽고 행복하다. 하지만 또 어떤 날엔 불안해서 견딜 수 없을 것 같을 때도 있다. 단단한 직업을 잘 붙들고 사는 친구들을 부러운 눈으로 바라보다가도, 좋아하는 작업들 앞에선 또 부러운 마음을 다 잊고 뱅실거리게 된다. 안정적인 월급을 받던 과거를 아쉬워하다가, 자유로운 지금을 놓치지 말아야지 다잡는다. 시소 같은 매일을 보내고 있다. 좋았다가, 슬펐다가, 부러웠다가, 만족한다. 흔들거리고 중심을 잡지 못할 때 풀잎 같기도 장미 같기도 한 제라늄이 생각난다.

슈퍼맨 같은 오일

제라늄은 사람의 마음을 가만히 진정시키는 작용, 사람을 적당히 기분 좋게 고양시키는 작용을 동시에 해줄 수 있다. 언제나 어디서나 어떤 기분에도 활약하는 슈퍼맨 같은 오일이다. 우리 감정이 널뛰기하는 것 같을 때 이쪽저쪽을 유심히 지켜보며 중심을 잘 잡아 주는 역할을 하는 향을 가진 오일이다.

이 오일은 감미롭고 은은한 장미 향과 유사하기 때문에 비싼 장미 대신 사용되곤 한다. 많은 종류의 제라늄이 있지만, 주로 에센셜 오일로 추출하는 것은 잎을 자르면 레몬 향이 퍼지는 펠라르고늄(pelargonium) 종이다. 이 펠라르고늄에서 변종, 교배된 다양한 종에서 제라늄이 생산된다. 펠라르고늄이라는 이름은 그리스어 '황새(pelargós)'에서 유래되었는데 열매의 모양의 황새의 부리를 닮았다고 해서 붙여졌다.

제라늄은 재배되는 지역에 따라 색이나 향이 조금씩 다른 특징을 띤다. 작업실에서 사용하고 있는 제라늄은 이집트산으로 약간 녹색 빛이 감도는 노란색이다. 진한 허브 향이 강하지만 스치듯 느껴지는 장미 향도 분명하다. 다른 오일과 만나면 달콤하면서도 조금은 무거운 분위기를 띠게 된다. 진정과 상승을 모두 담당하고 있는 만큼 사용하는 이의 감정 상태에 맞춰 사용량을 조절하면 된다. 부드러운 느낌을 끌어내는 작업이 재미있어서 클라리세이지*, 라벤더, 샌들우드 등과 주로 블렌딩하는 편이다.

중심을 잘 잡고 싶어서

요즘엔 일주일에 한 번 '중봉(中鋒)'이라는 것에 집중하고 있다. 중봉은 '붓대를 곧바로 하고 붓끝이 어느 한쪽으로도 치우치지 않는 중심을 만드는 것'인데, 너무 당연하고 쉬울 것 같은 이 붓놀림이 생각처럼 쉽게 되지 않는다. 요 몇 년간 중심을 못 잡고 흔들리거나 비틀거리기 일쑤였던 내가 배우기 시작한 것이 중심을 잡는 일이라서 더 어려운 것은 아닐까, 괜한 탓을 하고 싶을 정도이다.

긴 시간 벼르기만 하고 선불리 시작하지 못했던 서예를 드디어 시작했고, 지금은 전서체를 배우고 있다. 전서는 금석문이나 전각문으로 활용하기 위해 생긴 체로, 글자의 획이 변화 없이 일정하고 수직과 수평이 모두 균일해 중봉을 배우는 것이 무엇보다 중요하다고 한다.

중심을 무너뜨리지 않고 가만히 한 획을 긋기도 쉽지 않은데 과제가 점점 더해졌다. 글자 하나하나의 중심을 잡을 것, 한 글자에만 집중하지 말고 전체를 읽을 것, 전체적으로 리듬

* ——— Clary sage, 부드럽고 달콤한 향이 나는 허브 오일.

이 있는 글자로 만들 것 같은 것들이다. 마치 소리 없는 음악을 하는 과정 같기도 하다. 아직은 선생님의 글자를 모양 그대로 베끼기만 하는 형임(形臨)의 단계인데 보고 그대로 옮기는 일이 왜 이토록 어려운 것일까. 갈 길은 멀고 배움은 여전히 미로 속에 놓여 있지만, 화선지와 먹의 냄새가 너무 좋다. 계속 종이에, 글자에 손을 뻗게 되는 이유 중 하나다.

먹은 품질이 우수한 소나무나 옻나무, 포도주의 앙금 같은 재료를 태워서 나오는 그을음으로 만든다. 그을음뿐 아니라 아교가 함께 배합되기 때문에 먹엔 아교 냄새가 남기 마련인데, 그 냄새를 가리기 위해 향기를 더한다고 한다. 정향이나 올리브기름, 사향 같은 성분들이 아교의 냄새를 가리고 먹에 향을 묻힌다.

종이를 펴고 먹물을 준비하면 잠시나마 편안한 기분이 된다. 들썩거리던 마음을 찬찬히 정비하는 시간이 된다. 제라늄은 서예를 준비하는 과정처럼 기분을 맑게 해 주고 긴장감을 풀어 주는 효과가 있다.

향기가 넘실거리는 작업실엔 선생님의 글자를 베껴 '見香(견향, 향기를 보다)'이라는 글자를 걸어 두었다. 아직은 어설픈 붓놀림이지만 서두르지 않고 흔들리는 것을 두려워하지 않고 한 글자 한 글자 꾹꾹 눌러 쓰는 사람이 되어 가고 싶다. 흔들림 없이 중심축을 찾을 수 있게 길잡이가 되어 주는 제라늄의 도움을 받아 천천히 붓의 중심을 잘 잡아 본다.

예측할 수 없는 내일이 기다리고 있으니까

"5년 뒤엔 어떤 모습일 것 같아?"

이런 질문을 던지는 친구가 있다. 뜨거운 열정이 멈추지 않는 친구의 이 질문을 들을 때마다 1년 뒤의 내 모습이 어떨지, 5년 뒤엔 무슨 일을 하고 있을지, 10년 뒤의 목표는 어떨지 잘 계획하고 있는 사람이면 좋겠다고 생각한다. 하지만 나는 매번 잘 모르겠다는 말로 뭉뚱그리고야 만다. 당장 다음 달에 뭘 하게 될지도 모르는걸 뭐, 그런 거 잘 아는 사람이 되면 좋겠다고 하며 숨어버린다.

앞으로도 내내 이렇게 흔들거리며 살지도 모른다. 어떻게 살아야 할지 모르겠다고 입버릇처럼 구시렁댈 수도 있다. 삼십 년을 넘게 살았는데 왜 인생을 이렇게 모르겠느냐며 친구를 붙잡고 한탄할지도 모른다.

앞으로 사업을 어떻게 확장할 예정이냐고 묻는 어른들도 있다. 사업이라는 단어가 너무 딱딱하게 느껴지고 만드는 일에 비해 파는 일을 잘 못하는 편이라 "이게 사업이 맞을까요?" 하며 고개를 갸우뚱하며 답변한다. 나는 작정하고 대량생산을 하는 판매자도 아니고, 뛰어난 작품성을 가진 작가도 아닌 것 같다. 이것도 저것도 아닌 어정쩡한 경계선에 있는 불투명한 존재다. 일도 인생도 흐릿하게 중심이 없다.

서예를 시작했다는 근황을 전하면 서예를 왜 하냐는 물

음도 돌아온다. 이걸 배워서 무엇을 어쩌겠다는 긴 안목이나 장기적인 계획 같은 것도 아직 없다. 이 또한 장기적인 계획 없이 즐거우니까 하는 것이다. 잘하는 사람이 되면 좋겠지만 그건 해 보기 전까지는 알 수 없는 것이다.

"해 봐야 알지. 해 봐야 '하지 말걸' 하는 고민도 없어진다."

이 말은 부모님이 종종 해 주는 말이기도 하다. 잘하는 사람이 되든, 못하는 채로 남든, 인생의 즐거움이 하나 더 추가되면 좋겠다. '知之者不如好之者, 好之者不如樂之者'(알고 있는 사람은 그것을 좋아하는 사람만 못하고, 좋아하는 사람은 그것을 즐기는 사람만 못하다)라는 말을 생각하면서 살아간다. 그저 지금을 좋아하고 즐기는 사람이 되고 싶다.

하지만 앞을 내다볼 수 없는 인생이라서 예측할 수 없는 재미있는 일들을 잔뜩 만나게 되는 것이라면, 그것도 그것 나름대로 즐거울 것 같다. 정해져 있는 길을 한눈팔지 않고 달려가야 하는 경주마 같은 인생이 아니라서 다행이다. 오늘은 멈춰 서서 가만히 하늘을 보기도 하고, 내일은 샛길로 새기도 하고, 한참 달려갔다가 아니다 싶어서 뒷걸음질을 치기도 한다.

가만히 돌이켜보면 어렸을 때의 장래 희망은 계속 달라졌다. 도서관에서 일하는 사람이 되고 싶었던 어린 날도 있었다. 방송국 PD가 되고 싶었을 때도, 아나운서가 되고 싶을 때도, 잔뜩 여행을 다니는 여행 작가가 되고 싶을 때도 있었다. 원하던 그 어떤 장래 희망도 이루지 못했지만 예상할 수 없었던 일을 하는 지금도 재미있다. 무슨 일을 하게 될지 모르지만 겁내지 않고 신나게 파도 위에 올라서고 싶다.

진한 제라늄 향을 맡으면서 결심한다. 내일도 나에게 주어진 인생을 즐기는 내가 되면 좋겠다고. 너무 신날 때는 침착하게 해 주고, 조금 주춤할 땐 기분을 띄울 수 있게 하는 제라늄의 리듬에 나를 맡겨도 좋을 것 같다.

서투른 나를
위로해 주는,

로즈우드 —— Rosewood

언제나 잘 웃는 얼굴로 사람들에게 기억되는 사람일지도 모르지만 고백하자면 나는 인간관계에 서툰 사람이다. 서툴기보단 낙제점을 받을 것 같은 인간에 가깝다. 사회적인 인간이 어떻게 만들어지는지에 대해 아직 충분히 이해하고 있지 않지만, 정해진 과정이 있고 그것을 잘 이수해야 사회에 잘 어울리는 사람으로 완성되는 것이라면 나는 낙제점투성이의 인간일지도 모른다.

40명이 넘는 한 학급에 소속된 학생일 때도, 여러 사람들과 함께 공동 업무를 해야 하던 회사에서도 나는 늘 마음이 불편했다. 소속에서 벗어나 온종일 홀로 있어도 괜찮은 곳에 와서야 나는 감정이 편해지는 것을 느낀다. 어떤 공간에서든 혼자 고요히 웅크리고 싶다.

'가족 같은 회사'의 모토 아래에서 친하지 않은 사람들과 일상을 나누며 가까운 척하는 일이 너무 힘들었다. 궁금하지 않은 상대방의 지난 주말을 묻거나 대소사를 챙기는 일이 버거웠다. 그런 나에게 회사 사람들은 왜 더 친해지지 않느냐, 왜 가까워지지 않으려고 하느냐며 날카로운 칼을 들이댔다.

함께 일하는 사이에서는 '가족처럼' 다 같이 친하게 지내야 한다는 말들이 연속되는 야근이나 쌓여 가는 일보다 더 무겁게 어깨를 짓눌렀다. 도대체 왜 일과 인간관계를 따로 떼어 생각하면 안 되는 걸까, 하는 의문이 쌓여갔다. 쌓인 의문들이 나를 더 의기소침하게 만드는 것 같아 너무 싫었다.

회사를 떠나 친구 관계에서도 마찬가지다. 안부 문자나 전화를 하거나 먼저 사람을 챙기는 일에 서툴다. 두루뭉술하게 누구와도 잘 지내는 것에 취약하고 잘 지내는 척도 못 한다. 앞으로 생길 일들에 대비하며 인맥을 관리하는 일에도 약하다. 어떤 날들을 지내고 있는지가 궁금해 연락해 봐야겠다고 생각하지만 돌아서면 바로 잊어버리는 성격이라 핸드폰이 하루 이틀쯤 없어도 아무렇지도 않다.

나는 무소식이 희소식이라는 말을 사랑한다. 띠링띠링 울리는 알람이 귀찮기만 해서 카톡을 쓰지 않는다. 집 전체가 퍼스널 스페이스(personal space)여야만 직성이 풀릴 것 같아 룸메이트를 두는 것도, 반려동물을 들이는 것도 꺼려진다. 결혼에 대한 환상이 없는 것도 누군가와 삶의 공간을 나누기 싫은 것이 원인 중 하나일 것 같다.

마음을 전하는 사람이 되고 싶었지만

그런 성격임을 잘 알고 있는 내가 선택한 두 번째 직업이라는 것이 하필이면 새로운 사람을 자꾸 만나야 하는 작은 작업실을 운영하는 일이었다. 일본 작가 오가와 이토의 소설 『츠바키 문구점(ツバキ文具店)』 속 포포 같은 사람이 되고 싶었다. 가게 앞에 커다란 동백나무가 있어 '츠바키(椿, 동백나무)' 문구점이라고 불리는 그곳을 지키는 포포는 사람들의 이야기를 듣고 그 이야기에 꼭 맞는 편지를 대필하는 일을 한다. 말과 감정을 잘 전할 수 있는 펜과 편지지를 고민하고 거기에 맞는 우표까지 정성껏 고른다. 그뿐 아니라 필체마저 마음을 전해야 하는 사람에게 맞춘다. 완벽히 상대방이 되어 그 사람의 마음을 전하는 대필가이다.

나는 포포처럼 받는 사람에게 꼭 맞는 단짝 같은 물건을 만들어 주고 싶었다. 그러려면 충분히 그들의 이야기를 들어야 했다. 어떤 생각을 하는 사람인지, 어떤 취향을 가진 사람인지, 혹은 어떤 마음을 전하고 싶은지. 작업을 시작하기 전에 사람을 계속 마주해야 했다.

할 수만 있다면 그 모든 단계를 건너뛰어 문을 꼭꼭 걸어 잠그고 고민하는 시간으로 건너뛰고 싶었지만 그럴 수는 없었다. 혼자 조용히 손을 움직이는 시간을 가지고 싶어서 선택한 일이 갑자기 인생 최고의 스트레스가 되었다. 작업만 하고 싶은 나와 사람들을 만나야 하는 내가 잔뜩 예민해진 상태로 마주 보고 있었다. 타협 따위는 없는 것 같은 전쟁 같은 대치 상황이 지속되었다.

작업실 테이블에 앉아 잘 되지 않는 작업물들을 바라보며 감정의 압박감에 매일매일을 고민하다가 결국 심리상담센터의 도움을 받기로 했다. 좋기도 하지만 참을 수 없기도 한 그 어떤 감정에도 지지 않고 싶었다. 한참의 고민 끝에 두드린 그곳에서의 몇 차례 상담은 멋지고 깨끗한 결론을 내 주지는 않았다. 하지만 내 감정을 가만히 들여다보는 일이 어떤 일인지를 알려 주었고, 앞으로 그것을 혼자서도 어떻게 할 수 있는지 방법을 알려 주는 시간이었다.

감정을 말하는 일에 서툴기만 한 사람이라 내 마음을 조심스럽게 내보이고 나면 멈출 수 없을 것 같은 울음이 터져 나왔다. 상담 중에 왜 울음이 나는지 잘 모르겠다는 말만을 반복하다 잔뜩 부은 얼굴로 돌아가는 길엔, 왠지 달큰하면서도 묵직한 로즈우드가 그리웠다. 무거운 그 향을 떠올리면 피로한 감정들이 천천히 녹아들고, 한참 울고 난 후에 바닥으로 떨어진 쓸쓸한 감정선이 천천히 제자리로 돌아오는 것 같은 느낌이 들었다. 그때의 나에겐 모든 것이 괜찮고, 지금 잘하고 있다는 위안이 필요했던 건지도 모르겠다. 나에게 로즈우드는 그런 위안 같은 향이다.

느리게 감정을 안아 주는 힘

로즈우드는 무색에 가까울 정도로 연노란색을 띠는 진득한 오일이다. 달콤하고 상쾌한 로즈에 가까운 나무 향이 나지만 스파이시하고 매콤한 느낌도 가지고 있다. 깊고 부드러운 향이 퍼지는 데 시간이 필요해서 한순간에 파악하려고 애쓰지 말고 코끝에 가만히 두면 천천히 다양한 재미를 느낄 수 있다. 부드럽지만 묵직하고, 장미를 닮았지만 가볍지 않은 이 오일을 블렌딩할 때 자주 사용하곤 한다.

로즈가 붙은 이름 탓에 장미를 떠올리고 장미의 줄기 향인지 궁금해하는 사람들도 많은데, 로즈우드는 녹나뭇과의 아니바 로제오도라(Aniba rosaeodora) 혹은 브라질리언 로즈우드(Brazilian Rosewood), 스페인어로는 팔로드로사(palo de rosa)라고 불리는 종에서 채취한다. 이 나무는 주로 아마존 유역에서 자라는 중간 크기의 열대성 상록수로, 붉은 빛깔의 외피에 노란 꽃을 피운다. 10년 이상 자란 거대한 목재를 잘라 아마존강에 띄워 운반하기 때문에 운반에 용이한 두툼한 몸통만이 주로 사용된다.

벌채된 작은 가지들은 대개 버려지지만 오일 채취엔 어린 가지가 더 효율적이라 전체적인 오일 생산성이 생각보다 낮은 편이다. 또한 긴 시간 목재와 오일 채취로 남미 열대우림에서 계속적인 벌채가 이루어져 최근엔 환경 문제로까지 대두되었다. 식물이 자라는 속도보다 채취하는 속도가 더 빠른 인간들의 욕심이다.

합성으로 대체할 수 없는 로즈우드의 수요를 줄일 수 없는 데 반해, 요즘은 점차 낮아지는 오일 생산을 대비하여 나뭇가지가 아니라 잎에서 추출하는 방법에 대해서도 연구되고 있다. 장미 향을 닮아 로즈우드라고 불리며 대다수의 사람들에게 사랑받는 향의 쓸쓸한 이면이다. 이대로라면 언젠가는 영영 사라질 것 같은 부드러운 로즈우드를 욕심내지 않고 자연이 자라는 속도에 맞추어 천천히 사용하고 함께 살아갈 수는 없는 걸까, 하는 고민을 하게 된다. 우리를 천천히 위로해 주는 로즈우드의 고마움을 환경을 잘 지켜 가는 것으로, 주어진 것을 아껴 잘 사용하는 것으로 보답하고 싶다.

아로마 테라피스트인 패트리샤 데이비스는 "로즈우드는 스트레스, 우울증, 인생의 좌절감을 느끼는 사람에게 특히 경이로운 오일"이라고 소개한 바 있다. 로즈우드의 정신적인 상승효과에 주목한 것이다. 시도 때도 없는 감정 노동으로 쉽게 상처받고 한없이 우울해지기 쉬운 요즘을 살아가고 있는 우리에겐 그야말로 위로와도 같은 향이라 할 수 있다.

삶의 무게가 유독 무겁게 느껴지는 날이거나 기분이 피로하게 느껴지는 순간, 혹은 아래로 곤두박질쳐지고야 마는 기분이 드는 날 방 안 공기를 바꾸는 용도로 사용하곤 한다. 그런 기분의 밤이 찾아오면 실내의 모든 불을 끄고, 기분의 불도 끄고 오직 작은 캔들 불빛만 어른거리도록 둔다. 작은 공간이 로즈우드 향으로 가득 채워질 때까지. 그 향에 묻혀 나도 향기로워질 때까지.

다정한 사람들 사이에서

작업실을 시작하고 꽤 많은 날들이 흘렀다. 같은 날들이 느리지만 빠르게 흘러갔다. 나는 여전히 사람을 만나는 일이 어색하고 혼자 고민하거나 디자인할 수 있는 늦은 밤 시간이 오기를 기다린다. 문을 꼭꼭 닫고 아무도 만나고 싶지 않지만, 때론 문을 활짝 열고 지나가는 사람들과 인사를 나눈다. 예쁜 작품이라고 칭찬해 주는 이야기들이 낯설지만 그런 말을 듣는 날들이 좋고, 마음을 담은 것들을 전하는 일이 기쁘다. 늘 새로운 아이디어를 도출해 내야 하는 것이 버겁지만 손을 움직여 무언가를 만드는 것이 즐겁다. 어떻게 마음을 더 잘 전하고 표현할 수 있을지를 고민하고 또 고민한다. 변하지 않는 그런 매일을 살아낸다.

변함없는 것 같지만 바뀐 것들도 있다. 꽁꽁 닫아 놓은 마음의 문을 열고 싶어질 때도 생겼다. 감정을 드러내는 날도 있다. 곁에 있는 사람들에게 지금의 내 감정들을 보여 주는 날도 있다. 울고 싶은 날엔 소리 내어 실컷 운다. 그러곤 로즈우드, 제라늄, 라벤더를 블렌딩한 캔들에 손을 뻗는다. 부드러운 목소리를 건네는 오일들에 기대어 위로받는다. 실컷 울며 감정의 바닥을 확인하는 다음 날엔 다시 무엇이든 잘 마주할 수 있을 것 같은 용기가 난다.

사람과 만나는 일이 서투르고 겁이 나지만, 돌아보면 곁에 좋은 사람들이 있었기 때문에 지금을 살아갈 수 있다. 다정한 마음들이 나를 예뻐해 주고 있었다. 나는 언제나 따스한 온기에 둘러싸여 있다. 하고 싶은 대로 무언가를 만들 수 있는 것도, 제멋대로인 작품들이 사랑받는 것도 모두 그 때문이다.

좋은 사람들에게 멋진 작업을 해 주는 사람으로, 내가 받은 위로를 누군가에게 다시 돌려주는 사람으로 남은 날들을 살아갈 수 있으면 좋겠다. 묵직하지만 천천히 부드러움을 전해 주는 로즈우드 향을 닮아 가고 싶다.

단단한 조약돌 같은 사람이 되고 싶을 때,

프랑킨센스 —— Frankincense

하루 일정이 끝나고 침대에 누울 때가 되면 이런 생각이 든다. 단단해지고 싶다, 단단한 체력의 사람이 되고 싶다고. 단단한 몸이 되면 마음도 따라서 단단해질 것 같아서다. 흐물거리는 몸이라 늘 쫓기는 시간을 살아간다고 생각해버리는 나는, 튼튼한 몸과 굳건한 마음에서 여유로움과 다정함이 생길 것이라고 믿는다.

흐르는 물속에서도 반짝 빛이 나는 매끈하고 단단한 조약돌 같은 사람이 되고 싶다. 그런 사람이고 싶어 하지만 그건 마음뿐이고, 움직이는 것을 싫어하고 가만히 누워 있는 것을 좋아하는 사람이다. 밖으로 나다니는 것도 싫어하는 집순이다.

하지만 체력이 튼튼해야 마음도 단단해지고, 지금 하고

있는 일을 계속 해 나갈 수 있다는 것을 깨달았다. 회사를 다닐 땐 회사만 그만두면 모든 질병도 함께 퇴사할 것 같았는데 그렇지 않았다. 혼자 하는 일엔 더 많은 체력이 필요했다. 며칠이나 새벽까지 작업하는 날 뒤엔 숨 쉬는 것조차 힘들어 병원에서 링거를 맞으며 누워 있어야 하는 날이 필요했고, 손목을 많이 써야 하는 날이 이어지면 파스와 침과 물리치료가 필요했다. 어깨가 아픈 일이 많아 효능이 높다고 하는 파스를 사 모으는 것이 취미처럼 되어버렸다.

달리기를 예정해 둔 일정에 구멍이 나는 것은 모두 몸 때문이었다. 힘이 달리는 몸에 채찍질하면서 이를 악물고 버티면 결국엔 마음이 무너졌다. 일을 끝내고 나서 몸이 괜찮아져도 다시 힘을 낼 기운을 차릴 수 없었다. 아무것도 하고 싶지 않은 무력감이 밀려왔다. 다시 아프고 싶지 않은 두려움이 힘을 내는 것을 막아선다. 몸에 탈이 나는 것은 병원의 도움을 받으면 되지만 마음에 탈이 나는 건 어떤 도움을 받아야 하는 건지 알 수 없었다.

언제든 아프지 않고 모든 일을 잘하고 싶다. 힘주어 흔들리지 않게 지구 위에 서서 좋아하는 일을 오래오래 하는 사람이고 싶다. 어떠한 낯선 도전도 쉽게 할 수 있는 힘을 키우고 싶다. 나약한 몸이나 마음이 앞으로 나가고 싶은 내 발목을 잡게 하고 싶지 않다. 그런 생각들을 떠올리며 가만히 길게 호흡하는 시간이 오면 프랑킨센스의 묵직함이 코끝에 맴돈다.

강하게 확 퍼지는 향으로 마음을 다잡으며 깊게 심호흡한다.

다정한 안내자

한참이나 웅크리고 앉아 손을 움직여야 하는 작업을 하고 있어 어깨가 자주 뭉치고 딱딱해진다. 만드는 일에 집중하느라 잠깐의 스트레칭도 하지 않아서겠지만 요즘엔 등도 자꾸만 뻐근해진다. 유연한 몸이 되고 싶어 요가나 필라테스 같은 운동을 한다. 길게 호흡하면서 몸과 마음의 긴장을 조절하고 힘을 키우는 연습을 하고 있다.

요가에서는 몸을 움직이는 일보다 온몸 가득 숨이 차고 빠지는 것을 잘 의식하면서 심호흡하는 것이 중요하다고 말한다. 천천히 호흡이 잘될수록 몸도 마음도 편해진다. 그래서 서둘러 해야 할 일이 있어 괜히 마음이 쫓기는 순간에 잠깐이라도 가만히 멈추어 서서 크게 들이마시고 천천히 내뱉는 호흡을 하려고 노력한다. 그렇게라도 의식적으로 속도를 늦추고 싶다.

마음이 급해지면 불안한 감정이 쫓아온다. 흔들리는 마음은 불안과 긴장으로 전이되고 몸의 스트레스를 부른다. 이런 감정들을 다스리는 향이 프랑킨센스이다. 이 오일을 가만히 코끝으로 느끼다가 새로운 블렌딩을 준비했다. 시더우드와 프랑킨센스를 중점적으로 놓고 제작한 이 오일엔 '단단한 다정함'이라는 이름을 붙였다. 몸과 마음의 중심을 잘 잡고 싶은 개인적인 바람을 녹였다. 이 향엔 가야 할 길을 잃고 다른 길을 헤매고 있을 때도, 앞이 보이지 않은 길 위에서 불안할 때도 친근하고 다정한 불빛으로 방향을 안내해 주는 다정함이 있다.

프랑킨센스는 연노랑 또는 연한 암갈색, 혹은 옅은 녹색빛이 감돈다. 뚜껑을 열면 은은한 레몬의 상쾌한 느낌이 살짝 스치며, 점점 맑고 깨끗한 나무 느낌이 더해진다. 전체적으로는 짙은 스파이스 느낌이기도 하다. 사람에 따라서는 삼림욕을 하는 기분이 드는 것 같다는 평가를 내리기도 한다. 깨끗하면서도 점잖은 향은 호흡을 천천히 깊게 하는 효능이 있어, 명상과 기도에 매우 중요하게 사용한다.

이 향은 요가나 스트레칭 같은 호흡이 중요한 동작을 쓰는 일에 도움이 된다. 한때는 보석이나 귀금속에 뒤지지 않을 정도로 귀하게 여겨진 오일로, 유향(乳香, olibanum)이라고도 불린다. 프랑킨센스는 작고 하얀 꽃이 피는 매화를 닮은 관목으로, 칼로 껍질을 베면 진한 흰색의 눈물 같은 액체가 스며 나오는데 이것이 굳으면 단단한 수지가 된다. 채취된 수지는 모양과 수분, 향기 등의 성질로 등급을 결정하고 이것을 증류하면 에센셜 오일이 된다. 이름인 'Frankincense'는 고대 불어에서 유래되었는데 '풍부한(franc) 향기(incense)'라는 의미라고 한다.

프랑킨센스는 시더우드와 함께 종교의식에서 오랫동안 평화롭고 안정된 분위기를 만드는 역할로도 쓰였다. 고대 인도와 중국, 그리고 유럽 가톨릭교에서 몰약과 함께 종교용 향제품으로 사용되었다. 성서에서도 예외 없이 언급되고 있는데, "아기께 경배하고 보배합을 열어 황금과 유향과 몰약을 예물로 드리니라.(마태복음 2장 11절)" 이 구절에서의 유향이 바로 프랑킨센스이다. 이슬람교 교인들은 향이 있는 사람이 보호받는다 믿으며 사원이나 집에서 프랑킨센스를 피운다고 한다. 묵직하게 오랫동안 퍼지는 베이스로 향기를 오래 지속시켜 주는 보조제로도 쓰인다.

건강한 몸과 마음으로

운동에 신이 난 친구가 있다. 센터에 가지 않는 날에도 달리기를 하거나, 자전거를 타거나, 아무튼 언제나 움직인다고 한다. 최근엔 등산을 시작했는데 생각보다 힘들지 않고 너무 좋았다며 상기된 얼굴로 조금 더 자주 산에 올라야겠다는 다짐을 말한다. 늦은 나이지만 태릉선수촌에라도 보내야겠다는 말로 놀리며 운동이 왜 신나는지 물었더니 기분이 좋고 성취감이 남다르다고 씩씩하게 말한다. 억지로 힘을 쥐어짜서 운동하는 나는 계속 모를 것 같은 기분이다.

꼼꼼한 것 같지만 왠지 허당이고, 성격이 급해서 발걸음이 빠르지만 운동으로 천천히 마음에 쌓인 무게를 덜어내는 이 친구에게 프랑킨센스를 추천하고 싶다. 향의 힘을 빌려 급하지 않게, 차분한 호흡으로 오랫동안 좋아하는 것을 건강하게 즐겼으면 하고 빌어 주면서. 언젠가는 나도 운동을 즐기는 친구와 함께 신나게 운동하는 날이 오면 좋겠다. 무엇이든 몸을 힘껏 움직이기 좋은 적당한 운동을 찾으면 좋겠다.

가끔 운동을 하시곤 하잖아요, 라는 말과 함께 최근엔 의외의 것을 선물 받았다. 손목에 애플워치를 차게 되었다. 손을 계속 움직여야 하는 사람이니까 손목이 묵직해지는 시계 같은 건 불편해요, 라고 말했지만 뭐든지 없는 것보단 있는 게 좋으니까, 라는 이유로 선물을 받는 스스로를 설득했다.

거추장스러울 것 같았지만 의외로 재빨리 적응했다. 손목에 올라탄 작은 기계는 내 심장 박동 수가 남들보다 조금 낮은 편일 때가 많다고 나에게 알려 주었고, 앉아서 작업하는 시간이 길어지면 자리에서 일어나라고 신호를 보내 준다. 눈앞에 있는 일을 가쁘게 해결해야 하는 사람이라 심장도 빠르게 뛸 것 같았는데 그렇지 않다는 사실을 확인하니 한결 마음이 놓였다. 숨이 막힐 것처럼 호흡이 안 되는 순간엔 천천히 심호흡을 하라고 박자를 세어 주기도 한다. 불안하거나 숨이 막히면 손목을 들어 심박수를 확인하고 천천히 호흡을 할 수 있게 되었다.

세상이 너무 빠르게 흘러간다고, 그 속도를 잡느라 숨이 찬다고, 나는 언제까지고 느릿한 아날로그 사람으로 살겠다고 틈날 때마다 말하지만 어느 순간 긴장하거나 불안을 느끼고만 만다. 이런 속도로는 뒤처져 사라져버릴지도 모른다고 슬퍼하지만 어느새 작은 기계에 마음을 의지하고 있다. 무엇에 기댈지라도 천천히 잘 호흡하는 사람이 되고 싶다는 마음은 변치 않는다. 단단하고 깨끗한 프랑킨센스를 떠올리며 급하지 않은 마음으로 천천히 불안이나 긴장을 덜어내는 사람, 매끈하고 묵직한 조약돌 같은 사람이 되고 싶다. 건강한 몸과 마음으로 긍정적인 생각을 많이 하면서 좋은 것들을 만들어내는 여유로운 사람이 되면 좋겠다.

누구나 서툴러, 완벽하지 않아도 괜찮아,

만다린—— Mandarin

어린 시절의 엄마는 늘 내게 엄격한 사람이었다. 나는 칭찬받는 것보다 혼나는 것이 먼저인 맏딸이었다. 힘껏 칭찬받고 싶어 노력한 일이 성공적으로 잘 끝나도 엄마는 "당연히 잘해야지.", "여자애가 돼서 이것보다는 더 깔끔하게 해야지.", "이왕 배우는 김에 잘 배워야지.", "누나가 돼서 동생보단 잘해야지." 등의 서늘한 말을 먼저 했다. 큰 칭찬은 잘 돌아오지 않았다. 잘했네, 다행이네, 하는 짧고 작은 칭찬을 위해 나는 힘껏 애쓰는 아이였다.

일단 잘했다고 해 주면서 따뜻하게 안아 주길 바랐지만 아쉽게도 그런 일은 잘 일어나지 않았다. 하지만 아주 약간의 실수에도 나는 매번 크게 혼났다. 당신이 그릇을 깨면 작게 한숨을 내쉬는 일로 그쳤는데, 내가 같은 그릇을 깨면 칠칠하지 못하게 뭐 하는 짓이냐며 된통 혼이 났다. 나는 상위권 성적을 유지하지 못하면 며칠이고 혼이 났는데, 동생의 낮은 성적은 늘 유야무야 넘어갔다. 이해할 수 없는 일투성이였다. 왜 나는 어떤 순간에도 잘해야 하는 아이였던 것일까.

엄마는 내가 누구보다 완벽한 사람이 되길 바랐던 것 같다. 엄마가 못했던 일들을 내가 다 이뤄내길 원했다. 엄마의 상상 속에선 세상 제일 완벽한 딸이었을 테지만 현실의 나는 그러지 못했다. 잘하는 일이 많은 만큼 못하고 어려워하는 일들도 많았다. 엄하게 자란 나는 엄마의 잣대를 쏙 빼닮아 나에게 더 깐깐한 사람이 되었다. 다른 사람들의 실수엔 관대하지만 나 자신에게는 좀 더 높은 잣대를 들이대곤 했다.

아무리 노력해도 실수투성이의 사람인 것만 같았다. 실수하지 않으려 노력하는 동안 진이 다 빠져서 결과를 내야 하는 순간엔 지치고야 마는 날들도 많았다. 실수하지 않는 사람은 없고 누구나 완벽할 수는 없는데 그걸 깨닫기까지 너무나도 긴 시간이 걸렸다.

사실 아직도 완전히 떨쳐내지 못했다. 여전히 나도 모르게 바짝 긴장하거나 혹시나 잘못하지 않을까 주춤거리게 된다. 이제는 혼내는 사람이 없는데도 잘할 수 없는 일은 피하고 싶다. 실패하거나 실수하게 될까 쉽게 긴장하고, 그래서인지 자주 목과 어깨가 뻣뻣하게 굳는다. 이렇게 이유 없이 긴장하게 되는 순간 내가 떠올리는 향이 있다. 좋아하는 만다린의 상큼함이다. 가볍게 퍼지는 향기를 맡으면 굳은 어깨가 조금 내려앉고 굽은 등이 펴지는 느낌이 든다.

편하게, 누구에게나, 언제든지

캔들을 만드는 데 사용하는 왁스들은 주로 흰색 빛이다. 콩에서 추출하는 소이 왁스는 얇은 조각의 플레이크 모양이고, 벌집에서 추출하는 비즈를 정제한 왁스는 작은 콩알처럼 동글하다. 모양이 어떻든 왁스를 녹이면 노란빛의 미끄러운 액체가 되었다가 굳히면 다시 흰색의 고체 덩어리가 된다. 하지만 왁스에 어떤 오일을 섞는지에 따라 캔들로 굳혔을 때 빛깔이 달라진다. 노란빛의 시트러스 계열이 함유되면 완성된 캔들 빛도 노랗게 빛난다. 특히 만다린은 그 색이 진하게 표현되는데 노란빛 과일 향이 그대로 느껴질 것 같은 색이다.

노란색의 만다린은 달콤한 귤의 과즙을 떠올리면 바로 상상이 되는 달콤하고 은은한 꽃향기가 함께 퍼진다. 하지만 귤과는 다른 과일이다. 만다린(mandarin)이라는 말 역시 중국의 송대 이후 고급 관직을 뜻하는 말에서 유래했을 만큼 만다린 오렌지는 중국을 비롯해 우리나라, 일본 등의 동아시아 지역에서 널리 재배된다. 지중해 연안, 아프리카 등도 재배지에 속한다. 6미터에 이르는 작은 상록수에 윤기 나는 잎, 향기 나는 꽃, 그리고 노란 과일이 열린다.

영어권에선 탠저린(tangerine)이라는 이름으로 더 많이 불리고 있는데, 대개 만다린이 탠저린보다 조금 작고 색이 더 진하다. 만다린은 이탈리아나 스페인, 중국 등지에서 번식하는 과실에서 추출하고 있는데, 한국에서도 제주 감귤로 비슷한 오일을 생산하고 있어 국내산도 쉽게 구할 수 있다. 제주 감귤로 만든 오일은 수입한 만다린보다 옅은 느낌을 주지만 특유의 향을 잘 함유하고 있을 뿐만 아니라 국내에서 생산되는 몇 안 되는 오일 중 하나이다. 제주 감귤만의 단단하고 상큼한 향기가 잘 나지만 오일 채취를 위해 재배하는 것이 아니라 늘 균일한 품질을 유지하지 못하는 단점이 있다. 작업실에선 판매용으로 제작하기보단 오일 블렌딩 수업에서 소개하는 일에 그치게 된다.

만다린은 감귤류 중에서는 향이 오래 지속되는 편이고, 성질이 다른 향들과 만나도 전체적으로 부드러운 분위기로 만들어 주는 힘이 있다. 정서적인 불안을 보이는 아이들이나 반려동물에게도 안심하고 쓸 수 있을 정도라고 알려진 순한 성분이기도 하다.

만다린에는 안트라닐산메틸이라는 성분이 들어 있어 불안과 긴장을 완화시켜 준다. 넓은 접시에 뜨거운 물을 담고 만다린과 벤조인*을 블렌딩한 오일을 몇 방울 떨어뜨리면 증기

* ——— Benzoin, 때죽나무, 안식향이라고도 하는 나무에서 추출하는 달콤한 향의 오일.

를 타고 향기가 천천히 확산되어 몸의 긴장이 풀리는 기분이 든다. 그런 방법으로 향을 즐기는 것을 방향욕이라고 한다. 특별한 도구가 없어도 금방 방 안을 향기로 가득 채울 수 있는 방법이다. 지금의 기분에 맞는 캔들이나 룸 스프레이가 준비되어 있지 않을 때 임기응변으로 종종 사용하곤 한다.

달짝지근한 벤조인보다 부드러운 향에 마음이 끌리는 날이라면, 만다린과 라벤더를 넣은 향 아이템을 고른다. 잠자리 준비를 도와주는 라벤더의 다정함으로 걱정을 내려놓고 편한 밤을 보낼 수 있다. 감귤류 잎에서 추출하는 페티그레인과 같이 사용해 보는 것도 추천하는데, 앞에서 설명한 안트라닐산메틸 성분이 극대화되어 불안하고 긴장된 마음을 달래는 효과가 더 증대된다.

정답 없이 하고 싶은 대로 자유롭게

모두에게 좋은 사람이 되고 싶다고 생각했던 내가 있다. 어떤 일이든 잘하고 싶다는 욕심으로 가득했던 내가 있다. 엄마에게 완벽한 딸이 되고 싶었고, 완벽해져야 엄마의 사랑을 충분히 받을 수 있을 것 같다고 생각했던 내가 있었다. 하지만 어느 순간 깨달았다. 완벽한 사람은 없다. 모두에게 좋은 사람일 수는 없다. 하지만 완벽하지 않다고 사랑받을 수 없는 것도 아니었다. 나는 누구에게나 사랑받을 수 있는 소중한 사람이다.

시키는 대로 공부를 열심히 하며 모범생 같은 인생을 살던 시기에도, 회사를 그만두고 하고 싶은 일을 하며 결혼을 미루기만 하는 지금도 엄마는 늘 엄마의 기대치에 나를 맞추기 바빴다. 그리고 나는 여전히 기준치에 미달하는 딸이다. 그 기준이 어디에 있는지 나는 잘 알지도 못했다. 엄마는 지금의 내가 어떤 고민을 하고 있는지, 어떤 일을 하고 있는지, 어떤 하루를 살아가고 있는지 궁금해하지 않는 것 같다. 엄마와 나의 마음의 거리는 점점 멀어진다. 아마도 엄마를 완벽하게 만족시키는 날은 오지 않을 것 같다.

누군가를 만족시키지 못해서 인생이 슬퍼진다면 그렇지 않도록 삶의 목적을 옮겨야 하지 않을까 생각했다. 판단의 가치를 오직 나에게 두려고 노력한다. 이제는 엄마의 기대치를 궁금해하기보다 내가 하고 싶은 것들을 어떻게 더 많이 할 수 있을까를 고민한다.

"누구나 처음 태어나 처음 살아보는 인생이라 아쉬울 수밖에 없고 아플 수밖에 없고, 계획을 할 수 없다. 그냥 사는 것이다."라는 배우 윤여정 선생님의 말을 자주 곱씹는다. 모두가 말하는 평균치의 삶과 남들이 좇는 대세에 따르지 않는 삶을 살고 싶다. 남들만큼만 살면 좋겠다는 말을 하기보단 내가 살고 싶은 삶으로 살아가고 싶다. 모든 순간이 완벽하지는 않지만 자주 행복하고 싶다. 서툴러도 괜찮다, 완벽하지 않아도 괜찮다고 나에게 늘 말해 주고 싶다.

인생을 서툴게 살아가는 나처럼, 오일 블렌딩 수업을 처음 참여하는 사람들도 모두 망설인다. 혹시 내가 고른 오일들이 이상한 향이 되지 않을까 걱정한다. 완벽한 조합이 되지 않을까 두려워한다. 내가 알 수 없는 정답이 이미 정해져 있는데 그 답을 찾지 못할까 봐 조바심 낸다.

그런 사람들에게 계속 말해 준다. 실패하는 시간이 아니에요. 상상 이상으로 좋은 향을 만들 수 있어요. 정답은 없고, 오답도 없고, 언제든 무엇이든 도와줄 수 있는 내가 있어요, 라고. 서투르게 블렌딩한 향도 천천히 숙성하는 시간을 거치면 좋은 느낌으로 익어갈 수 있다. 낯선 향도 서로를 보완할 수 있는 오일을 찾으면 부드럽게 만난다. 마치 각자의 파트가 확고하게 있지만 만나서 엄청난 하모니를 만드는 오케스트라 같다.

나 역시 종종 망설이곤 하지만, 그래도 용기를 내어 사람들에게 새로운 향을 만드는 것은 즐거운 일이라는 것을 안내하고 싶다. 서툴러도, 완벽하지 않아도 좋은 향이 될 수 있다는 것을 잘 알려 주고 싶다.

나의 냄새를 쫓는 습관,

바닐라 —— Vanilla

세 살 버릇 여든까지 간다고 했다. 나에게도 평생 절대 고치지 못할 버릇이 있다. 손등의 냄새를 킁킁거리면서 맡는 것이다. 정확하게는 기억이 나지 않지만 아마도 초등학교 무렵부터 그랬던 것 같다. 뭐 하는 이상한 습관이냐며 어른들에게 자주 혼났기 때문에 이제 남들이 있는 곳에선 조심하게 됐다. 대놓고 킁킁거리지는 않기 때문에 나에게 그런 버릇이 있다는 것을 모르는 사람들이 대부분이다.

하지만 버릇을 완전히 고치지는 못했기 때문에 홀로 있을 땐 늘 킁킁거린다. 글을 쓰는 지금도 무엇을 쓸까 생각하며 손등의 냄새를 맡고 있다. 왜 하필 손등의 냄새인지는 알 수 없지만 내 체취를 맡는 일이 묘하게 즐겁다. 코와 손등이 만나면, 그래서 손등의 냄새가 코로 이어지면 마음이 편해진다. 손끝도 아니고 손바닥도 아닌, 또 손목 안쪽도 아닌 손등 냄새에 마음이 편해진다.

정확히 말하면 손등 가운데도 아니고, 손등과 손목이 이어지는 그 어디쯤이 포인트이다. 나만의 체취 발향점 같은 곳이다. 딱 그 부분의 냄새가 좋다. 거기서만 특별한 향기가 난다. 언제 맡아도 좋은 내 몸의 냄새다. 뭔가 고민이 있을 때도, 깊이 생각을 할 때도, 괜스레 초조해질 때도, 혹은 아무 이유 없이도 코끝에 손등을 가져다 댄다. 이유도 없이 냄새를 맡으니까 습관이겠지만, 나이가 이렇게 들어도 고쳐지지 않는 것을 보니 습관이란 정말 무서운 것 같다.

오늘 어떤 바디로션을 발랐는지, 아까 어떤 브랜드의 핸드크림을 발랐는지 혹은 좀 전에 무슨 작업을 했는지에 따라 미묘하게 다르다. 하지만 늘 내 손등에선 달짝지근하고 부드러운 냄새가 난다. 누군가 포근하게 안아 주는 것 같은 느낌이 된다. 손등의 달큰한 포근함, 바닐라 같은 느낌이다.

내 몸의 냄새를 확인하면서 편안함을 느끼는 나와는 다르게 향이 없는 사람을 그린 소설이 있다. 향수나 냄새 이야기를 하면 빠지지 않고 나오는 바이블 같은 소설, 파트리크 쥐스킨트의 『향수(Das parfum)』에는 향기가 없는 남자가 나온다. 너무 유명한 작품이라 설명이 필요 없을 정도지만 나는 소설을 읽으며 자꾸만 내 손목의 냄새를 맡았다. 나를 냄새로 계속 확인하고 싶어졌다.

주인공 그르누이는 코의 감각이 남들보다 훨씬 예민해서 어떤 냄새도 맡고 분간할 수 있지만 정작 그에게는 아무런 냄새가 없다. 체취가 없는 셈이다. 사람에게서 풍기는 향기가 얼마나 유혹적인지를 깨닫자 본인에게 없는 매력적인 향을 소유하고 싶은 기괴한 욕망이 그를 살인자로 내몬다. 매력적인 여성들을 만나 그들의 향기를 수집하고 세상에 없을 대단한 향수를 만들지만, 그런 노력에도 그는 본인의 체취를 가질 수 없다.

냄새를 가질 수 없어 좌절하는 주인공을 가만히 바라보며 킁킁거리는 내 버릇도 그대로 두게 되었다. 책을 읽는 내내 끝없이 내 냄새를 확인하고 또 확인했다. 그 후로는 고치려는 노력도 더 이상 하지 않게 되었다. 나에게는 나만의 고유한 냄새가 있다. 나만의 향기를 가진 사람으로 살고 있고 사랑받을 수 있다.

나의 향이 깃들어서

"저, 정말 실례인데 무슨 향수를 쓰세요?"

지하철에서 만난 낯선 여자분이 문득 나를 붙잡고 이런 질문을 할 때가 있다.

"와, 여기 정말 냄새로 가득 찬 공간이네요."

조심스럽게 작업실 문을 열고 들어오는 사람들은 하나같

이 이런 말을 한다.

"지금 이 공간에서 나는 향기의 초를 사고 싶어요."

작업실에 방문한 손님들은 종종 그런 요구를 하기도 한다.

하지만 나는 향수를 쓰지 않고, 작업실에서 나는 향과 똑같은 향이 나는 초는 없다. 사람들은 나에게서, 내 공간에서 어떤 향을 강하게 맡는 걸까 궁금하다. 나와 공간은 어떤 향으로 사람들에게 다가가고 있는 걸까.

나는 내 손목에서 느껴지는 바닐라 같은 체취만을 맡을 뿐이고, 이 공간에선 몇 시간 전에 블렌딩 작업을 하며 맡았던 향들만이 단편적으로 강하게 느껴질 뿐이다. 내가 확인할 수 있는 오일들을 샘플로 건네면 모두 고개를 젓는다. 사람들은 구체적으로 설명할 수 없는, 부드럽고 달고 상큼한 냄새라는 두리뭉실한 이야기들을 할 뿐이다. 복합적인 나의 냄새가 공간을 채우고 있는 것일까.

작업실에서 만들어지는 니팅 샘플을 구경하는 사람들이 코를 킁킁거린다. "왜 좋은 냄새가 나는 건가요?" 하며 궁금해한다. 니팅 디자인 의뢰를 받아 샘플을 보냈더니, "실에 향을 입혔나요? 특수한 실을 사용하셨나요?" 등의 피드백이 온 적도 있다. 생화를 사다 직접 말리는 준비 과정을 끝낸 드라이플라워에서는 더 이상 꽃 내음이 나지 않을 텐데도, 드라이플라워를 이용한 캘리그라피 작품을 받은 사람들은 작품에 묻은 향기를 맡는다. “생화라서 향이 나는 건가요?”, “말리면 이렇게 향이 변하나요?” 같은 이야기를 듣고는 어떻게 답을 하면 좋을지 고민한 적이 있다. 캔들과 관련된 물건이 하나도 들어 있지 않은 택배 박스를 보냈는데, 이 박스를 여는 손님들은 택배에서 향기가 나서 좋았다는 후기를 들려준다. 향과 가까이하기 때문에 생기는 기분 좋은 우연들일까.

나의 물건들엔 모두 향이 깃들어 있다. 이왕이면 내가 나에게서 맡곤 하는 기분 좋은 달달함이면 좋겠다. 내가 내 체취를 수시로 확인하면서 안정감을 느끼는 것처럼, 사람들이 나의 공간에서, 혹은 내가 만들어 낸 작품들에서 편안한 기분을 느껴주면 좋겠다. 그게 어떤 종류의 향으로 와닿든 간에.

곁에 있는 사람들의 향으로

디저트의 달콤함이나 부드러움을 내기 위해 사용하기도 하는 바닐라 빈. 이 바닐라 빈에서 추출하는 오일은 신체에 활력을 선사하고, 정서적 손실을 회복하게 돕기도 한다. 나에겐 달달한 디저트를 먹는 것과 같은 효과다. 우울증과 불안을 잠재울 수 있도록 신경계를 자극해 긴장을 완화시켜 주기도 한다. 부드럽고 달달한 바닐라의 고마운 효능이다.

바닐라는 아메리카의 다양한 지역에서 자라지만 특히 열대 지방에서 잘 자란다. 바닐라 열매를 증기에 쪄여 발효, 건

조시키면 진하고 어두운 색으로 변하는데 그 속에 있는 바닐라 빈에서 오일을 추출한다. 바닐라는 짙은 밤색의 끈적한 점성이 있는 액체로, 풍부하고 달콤하지만 묵직한 매력도 있는 향이다. 우리가 생활 속에서 맡을 수 있는 달콤한 바닐라 프레이그런스 오일과는 또 좀 다르다.

가볍게 달기만 한 것이 아니라 무거운 느낌도 강해서, 블렌딩 수업에서 만난 사람들은 훨씬 더 달짝지근한 냄새를 기대하며 병을 집었다가 실망하기도 한다. 하지만 천천히 오랫동안 코를 맡기면 무게감 있는 그 달콤함에 점차 빠져들게 된다. 가볍지 않고 기분 좋은 달달함을 내기 위해 필요하다.

바닐라와 비슷한 향을 지닌 오일로는 때죽나무, 혹은 안식향이라고도 불리는 나무에서 추출하는 벤조인이 있다. 벤조인에선 달짝지근한 과자 냄새가 난다. 호흡기 치료에 추천되기도 하고, 화장품이나 향수의 원료로도 많이 사용된다. 바닐라 오일처럼 점성이 너무 높아 병에서 잘 흘러나오지 않을 정도의 무거운 끈적함이 있다.

바닐라의 달콤한 향은 기분을 좋게 만든다. 아마도 그것이 이 오일의 가장 좋은 장점일지도 모르겠다. 따뜻하고 진한 커피 냄새와 달달한 바닐라 냄새가 나는 디저트 한 조각이면 모든 슬픔이 다 달아나는 것 같은 기분이 든다. 어두운 기분을 탈탈 털고 다시 기운을 낼 수 있게 한다.

힘든 작업에 힘을 보태 주려고 챙겨 오는 친구들의 디저트 선물은 하루를 즐겁게 만든다. 단것들은 새로운 친구를 맺어 주기도 했다. 나에겐 어느 곳의 디저트가 맛있는지 체크해서 다 함께 맛보러 다니며 가까워진 모임이 있다. 언제부턴가 우리는 디저트뿐 아니라 맛있는 음식도 함께 나눈다. 오손도손 모여 앉아 무엇이든 나눠 먹으면서 끝없이 서로를 응원하고 힘이 되어 주는 가족 같은 친구들이다.

"언제나 나는 네 편이야."라는 말을 주저 없이 해 주는, 바닐라보다 더 달게 느껴지는 내 편인 사람들이 있어 힘을 낼 수 있다. 내 사람들의 단단하고 달콤한 향기로 다시 내일을 살아갈 수 있다.

마음속
용기가 솟도록
도와주는,

시더우드 —— Cedarwood

용기를 낼 수 없을 것 같은 순간인데 말도 안 되는 용기가 빡, 하고 솟아오를 때가 있다. 몇 년 전 여름의 어느 날, 친구와 차를 빌려 강원도를 달리며 여행을 하던 날이다. 운전을 막 하기 시작한 친구를 믿고 조수석의 역할에 충실하는 하루를 보냈다. 깜깜한 밤이 되어 숙소로 돌아가야 하는 시간이 되자 친구가 갑자기 말했다.

"나, 밤에 차선이 안 보여. 운전 못 할 것 같은데 어떡하지."

어떤 방법이 있을까, 어떻게 하면 좋을까 둘이 머리를 맞대고 의논했는데 딱히 방법이 떠오르지 않았다. 친구는 운전에 능숙한 편이 아니었고, 긴장된 마음이 밤눈을 더 어둡게 만드는 것 같았다. 나는 장롱 면허 10년 차에 접어들고 있었고,

10년 동안 한 번도 운전대를 잡아 본 적이 없었다. 차를 놓고 택시를 탈까, 아니면 대리운전이 가능한지 알아볼까 고민을 했다. 하지만 타인에게 도움을 쉽게 구하는 편인 친구와 달리 나는 시골의 어느 동네에서 낯선 사람의 차를 타고 밤길을 달리는 것이 더 무서운 사람이었다. 더구나 며칠이나 더 남은 이 여행에서 단기적인 해결 방법을 꺼내는 것이 진짜 답은 아닐 것 같은 생각도 들었다.

"옆자리에서 날 잘 지켜봐 줄 수 있어? 천천히 돌아서 갈 수 있는 시골길이나 국도가 있을까? 막 쌩쌩 달리지 않아도 되고 차가 없는 그런 길."

대뜸 튀어나온 내 말에 친구의 눈이 동그래졌다.

"운전한다고? 너? 할 수 있겠어?"

"네가 옆자리에서 잘 지켜봐 주고 천천히 운전해도 되면, 나는 깊은 밤이 더 잘 보이는 사람이니까 용기 내 볼 수 있을 것 같아. 밤은 오늘도 찾아왔지만, 내일도 또 찾아오는 거니까. 밤에 운전하는 게 힘들면 네가 할 수 없는 일에 내가 용기 내 보고 싶어. 천천히 해 볼게. 너를 믿고."

어떻게 갑자기 그런 마음이 솟았는지 지금도 모르겠다. 아마 지금 그런 순간이 닥친다면 그때 같은 그런 용기는 솟지 않을지도 모르겠다. 하지만 그날은 조금 특별했다. 잔뜩 긴장한 나는 운전대를 진짜로 잡았고, 더 잔뜩 긴장한 듯한 친구는 나를 믿고 옆자리에서 함께해 주었다. 혼자가 아니라 둘이었기에 가능한 일이었다. 우리는 비상등을 켜고 꼬불꼬불한 산길을 아주 천천히 달려 호텔 주차장에 골인했다. 긴 시간의 장롱 면허가 깨지는 밤이었다.

서른다섯의 생일 전날이었다. 생일의 마법이었을까, 믿을 수 없는 용기를 낸 그날 밤을 잊지 못한다. 그때처럼, 갑자기 말도 안 될 만큼 마음이 단단한 재질이 되고 무엇이든 묵묵하게 해낼 수 있는 용기가 생기도록 도와주는 진한 나무 향의 오일이 있다.

힘든 순간을 이겨 내도록

〈두 개의 빛: 릴루미노(Two lights: Relumino)〉라는 짧은 영화가 있다. 시력을 잃어 가며 감각에 의지하는 두 사람, 피아노를 조율하는 일을 하는 인수와 아로마 테라피스트 수영의 이야기다. 그들은 점차 흐려져 가는 눈의 감각 대신 '눈으로 보는 게 아닌' 사진을 찍는다. 하나의 감각이 그 기능을 잘 발휘하지 못하면 다른 감각들이 몇 배나 더 예민해진다는 이야기를 들었는데, 남은 다른 감각들을 이용해서 함께 서로를 확인하고 발견해 가는 이 영화에서 시더우드가 소개된다.

수영은 아로마 클래스 시간에 사람들에게 시더우드를 나누어 주며 '힘든 시기를 단단하게 극복할 수 있게 용기를 주는 향'이라고 말한다. 아마도 이 영화에 나오는 모든 사람들에게 전하고 싶은 이야기가 아니었을까. 혼자가 아니라 둘이 된 주인공들은 서로에게 시더우드 같은 향이 되어 주며 함께 어려움을 이겨 낼 수 있게 될 것이다.

노란빛이 도는 오렌지색 혹은 진한 호박색을 가진 시더우드는 끈끈한 점성이 있다. 부드럽고 은은한, 마치 나이 든 노송나무를 연상시키는 독특한 나무 향이 특징이기도 하다. 그 짙은 향만큼이나 오랫동안 사용되어 온 오일로, 고대 이집트 시대에는 시체 방부처리용, 화장품 그리고 향수에 사용되었다. 오일은 수세기 동안 사용해 온, 항독성이 있는 것으로 알려진 미스리다트(mithridat) 성분 중의 하나이다. 티베트 지방의 절에서도 사용하며 민간요법으로도 두루 사용되고 있다. 나무가 꽤 크며 그 자체에 진하고 강한 향이 있다.

이 오일을 깨끗한 화장솜 위에 몇 방울 떨어뜨리는 것만으로도 강한 향기가 호흡기에서 마음 깊은 곳으로 퍼져 간다. 정신적인 힘을 단단히 붙잡도록 도와준다. 갑자기 닥친 불안과 긴장을 덜어 주는 힘이 있어, 사방이 막혀 있는 듯이 느껴질 때나 막막한 것들을 헤쳐 나갈 수 있는 강인함이 필요할 때 사용하고 싶어진다. 내적으로나 외적으로 아무리 힘든 일이 닥쳐도 중요한 것은 끝까지 놓지 않겠다는 강한 마음을 가질 수 있게 도와준다. 결국 모든 것은 마음의 강함에 달린 일일 때가 많으니까.

꼭 해야 할 일이지만 너무나 힘들어서 집어치우고 싶을

때엔 장미나 네롤리, 라벤더, 레몬으로 공간에 향기를 퍼트린다. 상쾌하고 기분 좋은 향이 정신을 바짝 차리고 눈앞에 있는 일을 차례로 하나씩 해 나갈 힘을 심어 준다. 열심히 노력하고 있는 나에게 더 큰 힘을 보태고 싶고, 나 자신을 있는 그대로 잘 볼 수 있도록 하고 싶어서 네롤리와 시더우드, 샌들우드를 블렌딩했다. 이 묵직하고 깊은 느낌의 오일엔 '나를 믿는 마음'이라는 이름을 붙여 주었다.

겁내지 않고 더 큰 세계로

친구들과 우리의 이야기를 나눌 때 가장 흔히 나오는 주제는 '겁'이다. 세상을 알아 갈수록, 혹은 경험해 볼수록 점점 겁이 나는 것들이 많이 생기는 것 같다는 이야기를 자주 한다. 연애를 시작하는 두근거리는 마음보다 좋았던 시간이 끝나고 다가올 헤어짐의 고통이 겁난다는, 그래서 이제는 새로운 사람을 만나는 도전조차 하지 못할 것 같다는 친구의 말에 그 자리에 있던 모든 친구들이 공감했다. 우리는 어느새 조금씩 용기를 잃어 가는 것일까.

갑자기 운전대를 잡을 용기가 솟아난 그날은 아마도 가까운 친구가 주는 단단한 믿음이 밑바탕이 되었기 때문일 것이다. 믿음이 주는 비옥한 마음의 땅에서 솟아난 용기라는 새싹은 무럭무럭 자라 그 이후로 나는 운전을 잘하는 사람이 되었다.

지금은 운전이라는 단단한 밑바탕으로 친구들을 옆자리에 태우고 조금 더 먼 곳으로, 더 새로운 곳으로 떠나는 또 다른 용기를 낼 수 있게 되었다. 부산에서 구한 작은 중고차를 몰고 혼자 서울까지 오느라 9시간이 넘도록 식은땀을 뻘뻘 흘리며 운전대에서 손을 떼지 못했던 내 차와의 첫날은 지금도 생생하다. 낯선 나라에서 겁도 없이 운전해서 시골의 비릿한 강물 냄새를 맡고 오기도 했고, 말이 통하지 않는 주유소에서 기름을 넣느라 쩔쩔매는 위기를 넘기고 발개진 얼굴을 시원한 밤바람에 식히기도 했다. 길을 찾고 신호를 보느라 발을 동동 굴렀지만 이내 깜깜한 밤길을 달리며 음악을 듣는 재미를 새롭게 발견했다. 요즘은 차 안에서만 볼 수 있는 다채로운 풍경에 빠져 가끔 하늘이 예쁜 시간이 되면 짬을 내어 드라이브를 하곤 한다.

결국 모든 것은 마음에 달린 일이었다. 운전이라는 작은 용기는 끝없이 넓은 세상을 즐길 수 있는 나로 성장하게 도와주었다. 파릇하게 자란 용기를 바탕으로 새로운 용기가 계속해서 솟아나 내 세계가 조금씩 더 커져 나가는 매일을 지켜보는 일이 즐겁다.

향을 만들고 초를 만드는 일도 그렇다. 시더우드엔 어떤 오일이 잘 어울릴지 다양하게 블렌딩해 보거나 새로운 형태의 초를 만드는 일이 계속된다. 어떤 생김새의 초가 그 안에 담긴 향기를 좀 더 잘 표현하는 수단이 될지 고민하는 일도 매번 반복된다. 균형이 잘 잡힌 향이 나오지 않을 때도 많고, 야심에 차 만들었는데 남들 앞엔 내놓지도 못할 못생긴 형태가 될 때도 있다. 하지만 겁먹지 않고 용기를 내면 더 다양하고 재미있는 작업으로 가지를 계속 뻗어 나갈 수 있다.

나에게 아직 보물 같은 가지들이 많이 남았다는 것이 신난다. 작은 보물을 찾는 마음으로 용기 내고 싶다. 아무리 작은 나무라도 점차 가지들이 뻗어 나가 잎을 내고 큰 나무로 성장하는 것처럼, 나도 그런 사람이 되고 싶다. 크고 단단하고 향이 진한 시더우드를 닮아.

감정을 드러내면 편할 때가 있으니까,

네롤리 —— Neroli

같은 부서의 상사였지만 한 번도 같은 프로젝트를 진행하지 않았던 사람, 그래서 회사 내에선 한마디도 나누지 못한 사람의 퇴사일이었다. 회식도 일의 연장선상이라 생각하는 사람이라 그런 자리는 되도록 피하고 싶었지만, 누군가의 마지막은 축하해 주고 싶었다. 처음으로 천천히 이런저런 이야기를 나누고 마지막으로 새로운 출발을 응원하는 인사를 건넸다. 앞으로도 열심히 일하라는 상대방의 상투적인 대꾸를 예상했는데 의외의 이야기가 흘러나왔다.

"얼굴에 표정이 다양한 분이셨네요. 내내 입 꾹 다물고 로봇처럼 일하길래 실제 성격도 그런 줄 알았어요. 엄청난 포커페이스의 사람이었구나."

일하는 동안 내 표정을 내가 살필 일이 전혀 없으니까 어떤 얼굴로, 어떤 표정으로 일하는 사람인지 몰랐다. 아침엔 멍한 상태로 출근했지만, 대개는 조금이라도 일찍 퇴근하고 싶어 초조했고, 종종 답답한 프로젝트의 진행에 짜증이 나는 상태였으며, 아주 가끔은 누가 부르는 것도 싫을 정도로 집중하고 있었을 것이다. 모든 상황에서 그냥 한 가지 얼굴로 견뎌내고 있었구나, 누군가는 그런 나를 관찰하고 있었구나, 생각하며 나를 돌아보게 되었다.

이제는 같이 일하는 사람이 없으니 일할 때의 표정이 어떤지 살펴주는 사람이 없다. 여전히 일하는 동안의 내 표정을 내가 살필 일도 없다. 하지만 전과 다르게 표정이 드러나는 것을 느낄 때가 있다. 얼굴이 아니다. 손끝에서 드러난다. 손끝에 지금의 감정이 담긴다. 손을 움직이는 일을 하는 사람이기 때문이다.

안정적이고 행복한 날의 작업은 어느 순간 알아서 착착 잘 진행되지만, 슬프거나 고민이 있는 날은 아슬아슬한 사고로 이어지거나 실패한 향을 남기기 일쑤다. 테이블 가득 오일을 엎는 날도 많고, 아끼던 옷에 왁스를 쏟고야 마는 날들도 있다. 길게 끌었던 제작을 갑자기 하루 만에 다 끝내기도 하지만 한순간의 실수로 며칠의 작업이 수포로 돌아가는 날도 있다. 좋은 기분으로 작업하면 완성품에도 훨씬 좋은 향이 더해진다. 마치 사랑한다고 계속 말해 주면 식물이 더 예쁘게 꽃을 피우는 것과 같다. 작품에 감정이 드러나고야 만다. 마음의 안정이 너무 중요하다는 것을 깨닫게 된다.

아마도 회사를 다니던 나는 어떤 순간에도 감정을 억압하고 드러내지 않으려고 바짝 긴장한 상태로 살고 있었을 것이다. 그런 감정들이 자꾸만 아무런 표정 없는 사람으로 만들었을 것이다. 그렇지만 감정이 있는 사람으로 돌아가고 싶었다. 감정을 드러내어 편안한 마음으로 다시 일어설 수 있게 힘을 주는 오일이 있다. 표정이 드러나는 것들을 만들 수 있게 해 주는 향기가 있다. 오렌지 나무에서 추출하는 네롤리다.

잘 알고 있지만 아무것도 못 하는, 서투른 내 마음에

좋은 향기가 있는 곳에서 좋아하는 일을 하는 것처럼 보여서인지 스트레스를 받지 않으시겠다는 인사말을 건네받을 때가 많다. 여기선 가만히 앉아 향기만 맡아도 스트레스가 해소될 것 같다거나, 따로 스트레스를 해소할 방법을 찾지 않아도 되겠다거나 하는 말들이다.

타인이 보기엔 무던할 것 같은 향기로운 일상에도 스트레스는 있다. 그리고 나도 다른 사람들과 똑같이 내 스트레스에 어떻게 대처해야 할지 몰라서 항상 전전긍긍이다. 나의 예민하고 섬세한 성격을 내가 감당할 수 없을 때가 많다. 표현하지 않으면서 덤덤한 마음으로 누르려고 애쓴다. 다른 이들에게 힘들다는 말도 잘 못 하는 편이다. 수다스럽지 않기 때문이기도 하지만 나를 드러내는 일에 약하다. 너무 힘든 날들을 보내는 동안에도 아무것도 아니라는 말을 입 끝에 달고 산다.

친구들을 만나 투정을 부리고 싶을 때도 친구들의 이야기에 먼저 귀 기울이게 된다. 다들 힘든데 내 이야기까지 보태지 말아야지, 하면서 입을 다물어버린다. "괜찮아? 힘들지 않아?"라는 친구들의 질문에는 "늘 똑같아, 별일 없어."로 끝낼 때가 많다. 겉으로 드러나는 말은 가릴 수 있어도, 어지러운 마음과 괴로운 감정까지 가릴 수는 없다. 잘 보듬지 않으면 해결되지 않고 마음에 깊은 생채기가 날 뿐이라는 것도 잘 알고 있다. 잘 알고 있지만 아무것도 못 하는 서투른 내 마음에 네롤리를 품는다.

비터오렌지는 하나의 나무에서 다양한 오일이 추출된다. 제각각 이름도 향도 다르다. 그중 향기롭게 피어나는 작은 하얀색 꽃에서 추출하는 것이 바로 네롤리다. 부드러운 꽃향기인 것 같지만 오렌지 나무임을 숨길 수 없는 시트러스 향이 있다. 용제를 이용해 천천히 추출하면 오렌지 꽃 앱설루트를, 수증기 증류법을 사용하면 네롤리를 얻을 수 있다. 나무의 열매는 매우 시고 써서 과일로는 먹을 수 없을 정도라 보통은 잼을 만들거나 향료로 쓰인다.

네롤리라는 이름은 17세기 플라비오 오르시니와 결혼해 네롤라 공주가 된 안 마리 들라 트레무아유(anna mariea de la tremoille)의 이름에서 유래했다. 그녀는 장갑에서 향기가 나도록 하는 데 이 향료를 즐겨 사용했다고 하고, 그 장갑은 '네롤라의 장갑(guanti di nerola)'이라고 불렸다. 이 향료에는 비터오렌지 중에서도 세비야 오렌지가 가장 널리 사용되며, 이 외에도 베르가모트 오일을 만드는 베르가모트 오렌지도 사용된다. 장미, 재스민, 일랑일랑과 함께 가장 많이 사용하는 꽃 향료이다.

과실이 차츰 황금색으로 변해 가는 모습을 딴 '황금(aurum)의 감귤(citrus)'이라는 라틴어에서 'citrus aurantium'이라는 학명이 붙었다. '오렌지 플라워 오일' 혹은 '등화유'라고도 불린다. 가볍게 달콤하고 톡 쏘는 것도 같지만 따뜻하고 부드러운 느낌이 있다.

연한 노란색의 네롤리 오일은 시간이 지날수록 색이 진해지고 점성도 증가한다. 오렌지 나무에서 추출하는 오일 중에서 가장 가격이 높은 꽃 계열이기 때문에 싼 페티그레인으로 대체하는 경우도 많다. 페티그레인은 같은 오렌지 나무의 잎에서 추출하는 형제 같은 오일이다. 하지만 페티그레인은 네롤리와 비교해서 조금 더 맵고 씁쓸한 맛이 감돈다.

마음이 정리되지 않거나 스트레스가 극심해 마음의 병으로 불거지기 시작할 때 네롤리를 사용하면 불안과 화나는 감정을 완화시켜 주고 불면증을 없애 주는 효과가 있다. 마음 속까지 건강한 오렌지 빛으로 가득 차게 만들어 주는 느낌이라 천연 항우울제로도 사용된다. 만다린과 네롤리, 페티그레인을 블렌딩하면 따뜻한 귤 향기가 마음을 느긋하게 만들어 주는 듯한 느낌이 들어 누구에게나 편안하게 권할 수 있다.

떠나 보면 드러나는 것들

나도 스트레스에서 벗어날 수 없는 평범한 사람이다. 매일의 짧은 순간엔 네롤리를 품으면서 감정을 다스리지만 가끔은 멀리 떠나는 것으로 쌓인 감정을 해소한다. 일단 어디라도 떠나면, 거기서는 먼 시선으로 나를 바라볼 수 있게 된다. 나와 나를 따로 떼어 내는 것 같은 기분이 든다. 힘든 나에게서 벗어날 수 있다. 딱딱하게 굳은 표정을 던지고 부드러운 표정의 나로 돌아올 수 있다.

언젠가 가을, 지인이 오랫동안 살고 있는 중국의 청도로 떠나왔다. 아는 사람이 뿌리를 박고 있는 삶에 며칠 숟가락을 얹었다. 낯설기는 매한가지이지만 호텔에서 머무르는 며칠과는 또 다른 느낌이 되었다. 떠나오기 전까지 세상에서 내가 제일 바쁜 것처럼 살다가 또 다른, 더 바쁜 삶을 살고 있는 사람의 하루를 곁에서 지켜본다. 지켜보다가 슬며시 그 옆에서 일상을 돕기도 했다. 한국에서만 일평생을 살고 있는 나는 한국 밖의 사람들이 어떻게 살아가고 있는지가 궁금했는데, 낯선 나라 어딘가에 그들만의 단단한 커뮤니티를 꾸리고 서로에게 기대어 살고 있었다. 서로가 서로의 틈을 채워 주고 있었다.

촘촘한 지인의 일상을 따라가면서 나의 고단함을 하나씩 떨어뜨렸다. 함께한 친구와 색다른 음식을 맛보는 즐거움을 나누고 예쁜 풍경을 함께 좇는다. 그러는 사이 내 얼굴엔 다양한 표정이 다시 돌아와 있다. 쉬지 않고 지금의 기분을 이야기하며, 목이 쉬도록 까르르 웃기 바쁘다. 굳었던 표정이 풀리는 것처럼 그동안의 작업으로 굳은 손도 부드럽게 풀어진다. 손끝까지 행복이 들어찬다. 무거운 스트레스를 벗어던진 마음으로 얼른 다시 좋은 디자인을 하고 싶어 돌아오는 비행기에서의 나의 마음이 빛났다.

여행을 끝내기 전에 습관처럼 엽서를 보낸다. 친구들에게 보내는 엽서도 있지만 한 장은 꼭 나를 위해 남겨 둔다. 떠나서 느꼈던 감정과 다짐들은 그 기억이 흐릿해질 때쯤 느릿하게 나에게 도착한다. 여행으로 잊힌 스트레스가 다시 쌓이기 시작할 무렵, 중국에서 도착한 모서리가 닳은 엽서에서 네롤리 향이 나는 것 같았다. 오늘은 이 작은 엽서가 위안이다.

욱하는 순간을 참아 내고 싶을 때,

사이프러스 —— Cypress

경상도 사람이라서 그런지 성격이 유별나요, 불같고 욱하는 순간이 있죠, 하면서 고향 탓을 할 때가 있다. 정말로 나는 욱하는 성격을 가지고 있다. 차분한 호수 같은 성격으로 살고 싶다고, 그게 꿈이라고 입버릇처럼 말한다. 입으로는 그렇게 말하면서 매일 노력하려고 하지만, 애초에 그렇게 태어나지 않았는지 혹은 노력으로 쉽게 바뀌는 것이 아닌지 기분의 그래프가 유별나게 롤러코스터를 타는 편이다.

애인에게 도대체 종잡을 수 없는 사람인 것 같다는 불평을 들은 적도 있다. 나도 모르게 별것 아닌 일에 버튼이 눌리고 참을 수 없을 것 같은 화가 파도처럼 밀려올 때가 있다. 지나고 나면 도대체 왜 그랬는지 모를 감정이다. 한 번 더 핑계를 대자면, 이건 부모님의 고약한 DNA다. 고집이 세고 자기 주장이 분명한 두 분은 타이밍을 잴 수 없게 버럭 화를 내시는 순간들이 많다. 그 성격이 어디 가겠나 싶게 나 또한 불쑥 솟아오르는 뿔 같은 화를 주체 못 할 때가 있다. 잠깐의 찰나를 지나면 대체 왜 화가 났을까 싶은 별것 아닌 일투성인데 왜 그 순간을 참지 못하는 성격인 걸까. 부산에서 태어나지 않았다면, 부모님의 성격이 둥글었다면 괜찮았을까.

뾰족하게 볼록 솟은 뿔 같은 모양의 사이프러스 나무를 보거나 향을 맡을 때면 떠오르는 생각이다. 깊은 숲속에서 천천히 호흡하는 느낌으로 나를 달래며 다짐한다. 뾰족하게 솟을 것 같은 뿔을 눌러 담는다.

닮지 말아야지 하는 것을 닮은 모습을 발견할 때 슬퍼진다. 하지 말아야지 결심했던 것을 나도 모르게 하고 있을 때 놀라게 된다. 성격 급하게 굴지 않고 차분히 결정하거나 행동하고 싶은데 얼마나 많은 연습이 더 필요할까. 아니, 연습으로 가능한 일이기는 한 것일까.

깊고 변하지 않을

"사이프러스 나무들은 항상 내 마음을 사로잡는다. 사이프러스 나무를 바라보다 보면 이제껏 그것을 다룬 그림이 없다는 사실이 놀라울 정도다. 사이프러스 나무는 이집트의 오벨리스크처럼 아름다운 선과 균형을 가졌다. 그리고 그

푸름에는 그 무엇도 따를 수 없는 깊이가 있다."

— 고흐가 동생 테오에게 보낸 편지 중

고흐의 〈별이 빛나는 밤(The Starry Night)〉의 화면 아래쪽을 검은색으로 채우고 있는 구불구불한 나무가 바로 사이프러스다. 고흐는 테오에게 늘 사이프러스를 예찬하며 사이프러스가 있는 프랑스의 생레미(Saint Remi)라는 작은 마을의 풍경을 죽기 직전까지 계속해서 그림으로 남겼다.

사이프러스는 연노란색이나 빛나는 올리브색을 띠고 있고, 스모키하고 달콤하며 끈끈한 느낌의 오일이다. 파인과 비슷한 느낌이지만 침엽수보다 조금 더 달짝지근함이 더해진 향이다. 남자에게도 선뜻 추천할 수 있을 만큼 강하고 묵직한 나무 향이 특징적이다. 사이프러스 나무는 가느다란 가지를 가진 원추 형태의 큰 상록수로, 작고 둥근 꽃을 피우며 회갈색의 구과(cone) 및 견과류를 맺는다.

사이프러스의 이름은 원산지인 키프로스(kypros) 섬에서 유래했다고 하는데, 섬사람들은 생명력이 강한 이 나무를 숭배했다고 알려져 있다. 사이프러스의 학명은 'cupressus sempervirens'인데, 라틴어 'sempervirens'는 '영원히 산다(evergreen)'는 뜻으로 부패하지 않고 오래도록 묵직하게 생명력을 이어 나가는 사이프러스의 특성을 잘 나타낸다. 어떤 나무는 천 년을 넘게 살았다는 기록도 있다.

고대 이집트의 파피루스에는 사이프러스를 방향제나 약품으로 사용한 기록이 있으며, 고대 그리스 사람들은 사이프러스를 죽음, 영원과 관련지어 생각해 저승의 신 플루토에게 이 나무를 바치는 의식을 치르기도 했다고 알려져 있다. 그리스 신화에서는 아폴론이 사랑한 케오스섬의 미소년 키파리소스가 실수로 금빛 뿔이 달린 아름다운 수사슴을 죽인 후 죄책감에 빠져 영원히 슬퍼하는 존재가 되게 해 달라고 부탁하자, 아폴론이 그를 사이프러스 나무로 변하게 했다는 전설도 있다.

사이프러스 오일에는 세드롤(cedrol)이라는 성분이 포함되어 있어 심장 박동과 호흡을 천천히 할 수 있도록 유도하며 차분한 상태에서 판단하는 것을 도와준다. 이사나 전직 등 갑작스럽게 생활이 바뀌는 상황에서 안절부절못하는 기분이 들며 판단이 흐려지는 순간에 곁에 두면 마음이 차분하게 가라앉는다. 깊게 잘 생각해야 하는 것들이 많아지면 달콤한 나무 같은 사이프러스를 떠올린다. 어지러운 상황에서 마음이 치유되는 기분이 된다. 카모마일, 라벤더, 프랑킨센스 등과 블렌딩한 오일로 만든 캔들은 감정의 기복이 심한 내가 욱하는 기분이 솟을 것 같을 때 쓰거나 한바탕 감정의 폭풍이 지나간 후 나를 달래고 싶을 때 사용하는 향이기도 하다.

변덕 부려도 괜찮은 뜨개질

유별나고 욱하는 마음의 변화에 몸을 싣고 싶지 않을 때 사이프러스의 힘에 기대기도 하지만, 또 하나 등을 비비댈 수 있는 작업이 있다. 나에겐 마음의 수련 같은 뜨개질이다. 바늘 하나, 혹은 두 개를 손에 든 채 생각을 멈추고 손이 움직이는 대로 단순한 동작을 반복한다. 시간을 잊고 감정도 잊게 만든다. 작게 반복되는 행위가 쌓이고 쌓여 무늬를 만들고 모양이 완성되어 가면 어느 순간 마음이 차분하게 내려앉는다. 한참을 쌓아 가다 변덕을 부리고 싶은 마음이 솟으면 바늘을 빼고 다시 원점으로 돌아가 풀어버릴 때도 있다. 다시 마음이 가는 대로 다른 모양으로 떠내면 되는 것이라 실과 바늘에겐 마음껏 화를 내도 좋다.

작업실에선 소수의 인원으로 비정기적인 뜨개질 수업이 열리고 있다. 정해진 틀이 없는 커리큘럼이라 자유롭게 만들기도 하고 원하는 사람들에게 필요한 스킬을 전수하기도 하지만 끝까지 다 해내는 작품은 손에 꼽을 듯이 적다. 완성품이 가지고 싶은 게 아니라 뜨개질을 반복하는 그 순간이, 그 작업만이 사랑스럽기 때문이다. 당장이라도 완성할 듯 달려들었다가 마음이 사그라지면 그대로 내려놓는다. 집과 작업실엔 몇 년째 그대로 있는 것 같은 뜨다 만 실뭉치들이 넘친다. 솔직한 마음의 순간들이 동그란 덩어리가 되어 나뒹굴고 있다.

뜨개질의 세계에선, 욱하는 게 언제나 나쁜 것만은 아니다. 때로는 욱하는 마음이 더 좋은 작품으로 태어나기도 한다. 되지 않는 것을 끙끙거리고 고민할 때보다 떠 놓은 것들을 다시 풀어 실타래로 만드는 동안 해결책이 생각나기도 한다. 머릿속에 떠오르는 모양을 손끝으로 그대로 재현할 수 있다는 것도 즐겁다. 실과 바늘만 있으면 그 어떤 것도 탄생시킬 수 있다. 욕심부리지 않으면 작은 소품들은 한 시간도 안 되어 태어난다. 그 재빠른 완성의 즐거움이란.

작업실을 찾아 뜨개질의 즐거움을 함께 배워 가는 사람들은 아무 생각 없이 집중할 수 있는 것이 뜨개질의 매력이라고 말한다. 이게 될까 하는 의심들이 쌓여 가다 어느 순간 마법 같은 완성의 순간을 발견하는 깨달음이 있다고 한다. 그런 그들도 지도해 주는 내가 없는 곳에서는 한 코도 남기지 않고 모두 풀어내거나, 하던 작업을 던져버리고 새로운 것을 하겠다고 올 때가 있다. 사람들의 욱하는 마음은 모두 똑같은 걸까. 서툰 사람들의 뜨개질을 지도해 주면서 내가 제일 많이 하는 말은 틀리지 않았어요, 맞아요, 생각한 그게 정답이에요, 같은 것들이다. 그래도 괜찮아요, 하는 말은 나에게도 똑같이 하고 싶은 말이다.

바늘 하나, 혹은 두 개를 손에 든 채 생각을 멈추고 손이 움직이는 대로 단순한 동작을 반복한다. 시간을 잊고 감정도 잊게 만든다. 작게 반복되는 행위가 쌓이고 쌓여 무늬를 만들고 모양이 완성되어 가면 어느 순간 마음이 차분하게 내려앉는다.

작은 노력들이 쌓이면 언젠가는 무엇이 될 테니까

욱하는 찰나의 순간이 지나면 지친 마음이 된다. 시원하게 내지르면 개운해질 거라고 생각했지만, 돌아서면 더 많은 시간을 후회하고 고민하면서 시곗바늘을 그 전으로 돌리고 싶어진다. 감정을 발산해서 후련해지기는커녕 그런 잠깐의 덧난 기분을 다스리는 일에 몇 배나 되는 큰 에너지가 쓰인다. 곱씹을수록 그 상황에 있었던, 그런 상황을 만들었던 내가 미워진다. 욱하지 말아야지, 그 에너지를 아껴서 다른 좋은 일에 써야지 하고 늘 마음먹는다. 좀 더 마음의 그릇이 큰 사람이 되고 싶다.

하지만 쉽게 되지 않을 것이라는 것도 잘 알고 있다. 반듯한 자세로 쉽게 화내지 않고 여유도 넘치는 사람이 되고 싶다는 딜레마에 발을 동동거릴 때는 〈작은 아씨들〉의 조와 엄마의 대화를 떠올린다. 용서를 베풀지 못한 좁은 마음으로 동생 에이미를 위험에 빠뜨렸다는 자기혐오에 빠진 조가 자기 성격을 한탄할 때 엄마는 "어떤 천성들은 억누르기엔 너무 고결하고 굽히기엔 너무 드높단다.(There are some natures too noble to curb, too lofty to bend.)"라고 말해 준다. 오늘의 충동을 참지 못하고 내 감정이 어디론가 흘러가버리는 날에 계속 생각이 난다.

그래도 오늘은 잘 참는 하루를 보내고 싶다. 때론 욱하거나 지칠 때가 많겠지만 가끔은 오래도록 꼿꼿한 사이프러스 나무 같은 마음이 되고 싶다. 쉽게 잘 안 될 것을 알지만 가끔 어떤 것들은 긍정적인 자세로 마주하고 싶다. 아무것도 하지 않으면 한 발짝도 앞으로 나갈 수 없기 때문에.

사실 아무것도 되지 않아도 괜찮다. 나는 여기에 있고, 천천히 하고 있다. 반드시 의미 있는 시간만을 보내지 않아도 괜찮다. 작은 노력들이 쌓여 언젠가는 무언가가 될 것이라고 믿는다. 앞이 보이지 않고 숨이 벅차기만 하는 그런 시간이 지치게 느껴질 땐 다정한 향들을 곁에 두고 싶다.

힘을 빼는 즐거움,

유칼립투스 —— Eucalyptus

인피니티 풀이 예쁘다고 소문난 태국의 방콕 호텔에서 휴가를 즐기던 날이었다. 쨍한 아침 햇살을 받으면서 풀에 나가 앉았는데 다른 투숙객들이 여유롭게 물살을 가르고 있었다. 그들의 움직임에 따라 물이 반짝이는 빛으로 변했다. 수면에서 공기 중으로 빛이 번져 나가고 있었다. 집중해서 바라보면 작은 무지개가 떠오를 것 같은 찬란함이었다. 느릿한 그 움직임이 예뻐서 한참을 바라보았다. 저들과 함께 느릿하게 수영하고 싶다고 생각했지만 나는 물에 뜨지도 못하는, 물을 무서워하고 수영을 못 하는 사람이었다.

그곳은 물과 하늘이 경계도 없이 펼쳐진, 물속에서 고개를 빼꼼히 내밀면 바로 앞의 푸르른 공원이 너무 예쁘게 보이는 멋진 인피니티 풀이었다. 그 좋은 공간에서 그저 비치타

월로 몸을 가린 채 선베드에 누워 음악이나 듣고 책이나 읽는 것이 내가 할 수 있는 유일한 즐거움이었다. 왜 지금까지 수영을 배우겠다는 마음을 먹지 않았을까? 왜 물이 무서웠을까? 매일 아침 느긋하게 수영하는 사람들을 바라보면서 친구에게 선언했다.

"나도 수영을 배워야겠어, 다음 여행에선 나도 아침에 느긋하게 수영하는 사람이 되겠어."

하지만 게으르고 느린 나는 수영장에 가는 일을 하루하루 미루고 미루었고, 결국 그 여행 이후 2년이나 지나서야 초보자용 수업을 듣게 되었다. 잔뜩 언 표정으로 물속에서 음파음파 호흡하는 법을 배우기 시작했다.

드디어 수영장에 출입하게 되었다고, 느긋하게 배울 예정이라고, 물속에서 힘을 빼는 즐거움을 찾아보겠다고 친구들에게 큰소리로 선언했다. 누구에게라도 크게 말해 두면 언젠가는 꼭 지키게 될 테니까. 선언대로 나는 하나씩 느리고 느리게 배워 갔다. 천천히 느긋하게 헤엄치고 싶었다. 바쁜 삶의 속도를 느리게 만들 제어장치가 필요하다고 생각했던 찰나였다. 물 밖에서 공기를 마실 때도 마음이 급해 숨이 가쁜 날들이었지만, 물속에서도 계속 숨 쉴 타이밍을 놓쳐 물을 먹기 일쑤였다. 박자에 맞추어 숨을 쉬지 못해서인지 수영 강습이 끝나고 밖으로 나오면 늘 코와 귀에 물이 가득 차 한 발로 콩콩 뛰기 바빴다.

수영장 소독물에 절인 몸의 호흡기관엔 소독약 같은 유칼립투스가 필요했다. 유칼립투스는 코부터 가슴까지 한 번에 뚫어줄 것처럼 시원히 바람길을 열어 주는 듯한 향이다.

가슴을 열고 편하게 호흡할 수 있도록

마치 소독약 같은 냄새를 풍기기도 하는 유칼립투스는 캠퍼(장뇌) 향이 강해 시드니의 페퍼민트라고 불리기도 한다. 페퍼민트처럼 머리를 맑게 해 주고 두통이나 우울증을 완화해 주는 효과도 있다. 사람마다 정도의 차이는 있지만, 페퍼민트가 너무 강해서 부담스럽다고 느끼는 사람이라면 유칼립투스를 사용해 보는 것을 추천한다. 둘 다 시원하고 상쾌한 느낌을 주는 향이다. 주변을 환기시켜야 하는 공간, 집중력이 필요한 책상 위에 어울린다.

이름을 들으면 바로 호주의 대표 귀염둥이 코알라가 떠오르기도 한다. 귀여운 코알라 주식으로 많이 알려진 나무, 상록수로 세계에서 가장 키가 큰 나무가 유칼립투스다. 유칼립투스의 어원을 살펴보면 그리스어 'eu'는 '잘(well)', 'kalto'는 '싸여 있다(to cove)'는 뜻이라 이어 보면 '잘 싸여 있다'라는 의미가 된다. 프랑스의 식물학자 샤를 루이(Charles-Louis L'Heritier de Brutelle)가 이름 붙였는데 유칼립투스 꽃이 피기 전에 꽃받침이 꽃의 내부를 완전히 둘러싼 모습을 표현한 것이라고 한다. 톡 쏘면서 강한 유칼립투스는 새로움의 향기로 종종 묘사되며 사고나 지식에서 새로운 방향성을 찾는 사람들에게 권한다.

유칼립투스는 항바이러스 작용이 강한 오일로, 끓는 물에 떨어뜨려 증기를 쏘이면 말라리아열을 경감시켜 주는 효과가 있다고 알려져 있다. 호주에서는 전통적으로 유칼립투스 오일을 구급약으로 상비하는 경우도 많다고 한다. 맑고 상쾌한 유칼립투스는 휘발성이 강하고 살균력이 뛰어나 호흡기 질환에 효과가 있다. 가끔 가슴이 답답하고 숨쉬기가 곤란해질 때 유칼립투스, 라벤더, 티트리 오일을 떨어뜨리고 천천히 그 향을 들이마시면 답답한 가슴이 열리고 천천히 호흡할 수 있게 된다. 티트리도 유칼립투스만큼이나 시원하게 콧속으로 달려 들어오는 느낌이다.

유칼립투스는 여러 종이 있는데 작업실에서는 주로 블루검을 사용한다. 시네올이 풍부한 반면 더 달고 거친 냄새는 적기 때문이다. 블루검 종은 전형적인 유칼립투스 향에 가장 가깝다. 이 종은 재목이 강하고 내구성이 좋아 건축재로도 사용되는 단단한 종이기도 하다. 유칼립투스 속에 있는 유칼립톨은 시네올(cineole)이라고도 불리는데, 이 성분은 호흡을 정리하고 기침을 가라앉히는 데도 도움을 준다.

유영하는 날들이 필요해

수영장에선 두 가지를 배웠다. 몸의 박자에 맞추어 입으로 호흡하는 것과 몸에 힘을 빼는 것. 잠시도 쉬지 않고 팔과 다리를 힘주어 움직이라면서 몸에 힘을 빼라니, 그런 것이 가능한가 싶었다. 아무리 박자에 맞춰 팔과 다리를 저어도 빨리 앞으로 나갈 수 없는 건 몸에 힘이 잔뜩 들어 있기 때문이라고 했다. 몸에 힘을 빼고 들어간 만큼 다시 올라오면 되는 쉬운 일이라고 했다. 도무지 이해할 수 없는 말투성이였다.

수영을 배우러 가는 게 아니고 수영장 물을 마시러 가는 것 같은 고단하고 힘든 나날들이었다. 언제쯤 물속에서 자유로운 몸이 되는 것인지 알 수 없었다. 어린이 풀장에서의 기초 수업이 끝나자 진짜 레인으로 옮겨 갔다. 단지 조금 큰 사이즈로 옮겼을 뿐인데도 수압이 나를 짓누르는 듯했고, 숨 쉬는 일도 계속 힘들었다. 그런 날들이 끝도 없이 지루하게 이어졌다. 물이 여전히 무섭고 몸은 나가지 않던 어느 날, 갑자기 수영장 바닥의 타일이 눈에 환하게 들어왔다. 빛이 물을 뚫고 들어와 선명해지는 느낌이었다.

여전히 몽롱한 기분이었지만 팔과 다리는 계속 움직이고 있었다. 파란색 타일을 눈에 담으면서 처음으로 여유롭게 레인 끝까지 나아갔다. 물속에서 내 몸이 따뜻하게 데워지고 있는 듯한 기분마저 들었다. 수업이 끝나고 잠시 수영장 물에 발을 담그고 앉았다. 차갑고 서늘하다고만 느껴졌던 공간이 갑자기 따뜻하게 변했다. 그 순간 사진작가 마리아 슈바르보바(Maria Svarbova)의 'In the Swimming Pool' 시리즈 사진이 생각났다. 푸른 수영장의 빛, 그와 대비되는 붉은 수영복의 사람, 쨍한 햇빛이 그대로 관통되는 것 같은 강한 채도의 사진이다. 당장 물속으로 뛰어들고만 싶은 기분 좋은 선명함이다.

그날부터였다. 즐겁게 수영장으로 향할 수 있었던 것은. 몸에서 힘을 빼는 것이 무엇인지 알게 되었다. 여전히 능숙하지 못하고, 호흡하는 타이밍을 자꾸 까먹어 힘껏 숨을 참는 순간들이 많다. 근력이 없어 레인 끝까지 빠르게 나아갈 수 없다. 하지만 힘들이지 않고 물속에서 유영하는 방법을 알게 되었다.

나를 둘러싸고 있는 주변 환경이나 사람들에게서 꽉 막힌 답답함과 압박감이 느껴지는 날, 숨을 쉴 수 없을 것같이 구석으로 내몰리는 것 같은 순간, 이런 숨 막힘에서 영원히 벗어날 수 없을 것 같은 부정적인 느낌이 몰려오는 찰나에 유칼립투스가 필요하다. 마치 처음 수영장에 몸을 담근 날처럼 눈을 뜰 수도 없을 것 같은 무서움이 앞으로 나갈 수 있는 자유로움을 붙잡는 것 같은 날들에 도움이 된다.

지나친 조심성과 처음이 주는 두려움은 할 수 있다는 생각을 자꾸 가로막는다. 시원한 향은 부정적인 감정들을 날숨처럼 내뱉고 앞으로 한 걸음 내디딜 수 있는 힘을 준다. 갑갑

하고 무겁기만 하던 물속에서 갑자기 자유를 느껴졌던 그때처럼, 바둥거리기 바빴다가 어느새 느려진 동작으로 반짝이는 바닥 타일을 눈으로 셀 수 있게 된 날처럼 말이다. 우리에겐 힘을 빼고 천천히 유영하는 날들이 필요하다.

또 다른 도전으로

요즘은 여행 가방을 챙기면서 당당하게 수영복 파우치를 챙긴다. 방콕을 함께 여행했던 친구와는 몇 년 뒤 일본 오키나와에 놀러 갔고, 약간 쌀쌀한 날씨에도 불구하고 물속으로 첨벙 뛰어들어 달라진 나를 자랑했다. 요즘은 어디를 가든 숙소에 수영장이 있는지를 체크한다. 부지런히 아침을 챙겨 먹은 후엔 캔들이나 향으로 오전의 여유를 더하고 느긋하게 수영장을 한 바퀴 유영하기도 한다. 여행의 재미가 늘었다.

여름이 오기 전에는 베트남의 나트랑을 여행했다. 방콕을 여행하던 때와는 다르게 이제는 수영장에 누워 있기만 하지 않고 느릿하게 수영을 하는 사람이 되었다. 리조트엔 바닷가에 떠오르는 해를 보면서 진행한다는 요가 프로그램이 있어 동이 트는 새벽 시간, 잠에 빠진 친구를 버리고 바닷가로 걸어 나갔다. 매트에 앉아 스트레칭을 하고 있는데, 요가 선생님이 바다를 향해 신나게 걸어가는 남자를 보며 반갑게 인사했다.

"모닝 로빈! 또 바다 수영하러 가는 거예요?"

"물론! 아침이잖아요!"

방으로 돌아와 자고 있는 친구를 깨우고는 모닝 로빈의 이야기를 한참이나 늘어놓았다.

리조트에서 긴 휴가를 보내며 아침마다 바다 수영을 하러 가는 모닝 로빈이 있다구. 해가 떠오르는 끝이 없는 바다를 천천히 유영하는 사람이 있어. 새벽 바다를 수영하는 느낌은 어떨까. 너무 좋을 것 같지? 아마도 수영장과는 다른 세계가 펼쳐지겠지?

있잖아, 이제부터 내 꿈은 '모닝 로빈'이 되는 거야. 일단 얼굴을 내밀고 수영하는 법부터 다시 배워야겠어. 유칼립투스의 힘을 빌려 겁내지 않고 천천히 넓은 바다로 나갈 거야. 차가운 바다에서 만나게 될 순간의 시원한 공기가 기대된다구. 바다 수영이라니 벌써 신난다. 나 할 수 있겠지?

비교하지 말기로 해요,

티트리 —— Tea tree

수다쟁이는 절대 아니고 세 마디쯤 해야 하는 말을 한 마디 정도로 가리고 줄여서 말하는 사람이라 잘 들어 주는 편이 편하다고 생각한다. 입 밖으로 소리 내어 이야기하기보단 귀를 열거나 글로 옮기는 것을 선호하기도 한다. 내가 먼저 말을 무리해서 해야 하는 상황이 부담스럽고, 차라리 말이 많은 상대방을 만나 이야기를 들어 주는 역할을 하는 것이 마음이 편하다.

그래서 내가 편했다 느꼈는지 처음 만난 낯선 사람이 말을 하다 갑자기 속마음을 벌컥 하고 열어 보였다. 저는 늘 다른 사람과 비교해요. 비교해서 더 잘되고 싶다고 생각하는데 그러기엔 제가 항상 부족한 사람 같아요. 특히 형제에게 그런 마음이 있어요. 무슨 일이든 잘하는 형이 부럽고, 형처럼 되어야지 하는 마음이 인생의 목표이자 삶의 지표 같아요. 저는 형을 이길 수 없는 사람이에요.

가만히 듣다가 내가 말했다.

"그럼 비교하지 않으면 되는 거 아닌가요? 사람은 다 다르고 다들 각자의 인생을 사는 건데 뭘 기준으로 어떻게 비교하나요."

그 사람은 되레 비교하지 않으면 어떻게 알 수 있느냐고 물었다. 자신은 남들만큼 잘 살고 싶다고 했다. 학벌이 중요한 사회인데 남들보다 학벌이 낮아서 삶이 스트레스였고 그 학벌을 채우려고 다시 공부한다는 그 사람, 공부가 끝나면 만족할까? 언제쯤 행복할 수 있을까? 그의 이야기를 찬찬히 들으면서 계속 다짐했다. 이런 사람에게서 도망가야 한다. 나는 그러지 말아야지, 비교하지 말아야지, 이런 이야기가 당연하다고 생각하지 말아야지.

나 또한 끝없이 비교하던 때가 있었다. 친구들은 애인과 이런저런 시간을 보내는데 우리는 왜 그러지 못하느냐고 다그치며 싸웠다. 즐거운 만남을 화나는 이별로 만들었다. 특별한 날을 특별하게 보내고 싶다고 일상적인 날들을 손에서 놓았다. 함께하는 시간을 남 탓하는 것으로 소비했다. 타인에게 잘 보일 수 있는 그럴듯한 것들을 기대하고, 또 하고 싶던 어린 날의 나였다.

그때 옆에 있어 준 애인은 "그건 그 사람들이잖아. 우리도 똑같이 해야 하는 건 아니잖아." "마음이 아닌 것들로 마음을 재단하지 않으면 좋겠어. 그거 정말 나쁜 거야." 하면서 나를 달랬다. 그게 무슨 말이었는지 알게 된 것은 그 사람과 헤어지고 한참 시간이 흐른 후 나이가 들어서였다. 남들과 비교하지 말라는 말을 그는 그렇게 돌려서 계속 나에게 전해 주고 있었다.

누군가와 비교하기 시작하면 무의식적으로 우월감과 열등감을 느끼게 된다. 지금의 작은 행복들을 잊어버린다. 우열의 비교 대상에 나를 놓으면 곧 나를 잃는다. 행복이 아니라 슬픔으로 인생이 가득 차버린다. 그 슬픔은 늪 같아서 빠져나올 수 없다. 그렇게 비교의 날카로운 칼 위에 자기를 놓지 않도록 강하고 튼튼한 마음으로 키워 주는 매콤한 오일이 있다.

그 매콤한 향기는 허브 계열의 티트리다. 뚜껑을 열어 건네면 성별을 가리지 않고 어디선가 맡아 본 기억이 있다며 청소년기의 기억함을 뒤지게 된다. 그 어딘가의 기억 속에서 여드름 자국을 가리고 싶어 얼굴에 톡톡 두드려 본 적 있는 화장품을 떠올리곤 하는 오일이다. 이 향을 처음 맡을 때 "이거 엄청 익숙해요, 바디샵의 대표적인 향 아닌가요?" 하는 사람들이 많다. 투명한 듯 연한 노란빛의 녹색 오일로, 따뜻하면서도 코가 아플 정도의 매움이 확 하고 풍겨온다. 가까이하는 것만으로도 정신이 바짝 들 것만 같다.

나누는 일을 더 많이

티트리는 작은 나무나 관목 형태로 바늘 같은 모양의 잎이 난다. 매콤하지만 동시에 시원하고 머리가 맑아지는 듯한 약 냄새가 특징이다. 속명인 'Melaleuca'는 그리스어 '검다(mélās)'와 '흰(leukós)'의 합성에서 나온 단어인데, 나무줄기가 검은색과 흰색의 얼룩처럼 보이기 때문이라고 한다. 이 나무엔 'Paper-bark'라는 이름을 붙이기도 하는데, 다 자란 나무에서 껍질이 넓은 폭의 끈 모양으로 종이처럼 길게 벗겨지기 때문이다.

호주 원주민들은 이런 약효를 오래전부터 인지하고 감기나 두통을 완화시키는 용도로 사용했다. 티트리의 잎을 으깨서 퍼지는 향을 맡거나 차로 내려 마셨다고 한다. 이런 모습을 보고 1770년대 영국 탐험가 제임스 쿡(James Cook)이 티트리라는 이름을 붙였다고 전해진다. 함께 탐험하는 선원들의 비타민 보충을 위해 티트리로 만든 차를 마시기도 했다고 한다.

감기나 두통 같은 육체적인 아픔 이외에도 마음이 약해서 곧잘 아파오는 사람에게도 티트리가 어울린다. 이유도 없는 피해의식으로 자기의 마음에 생채기를 내는 사람들, 자신의 삶이 나쁜 운명으로만 흐르는 것 같은 부정적인 느낌에 갇혀 있는 사람들에게 도움이 된다. 순식간에 퍼지는 듯한 매운 향으로 마음과 정신에 힘을 불어넣어 준다. 레몬, 티트리,

로즈메리를 블렌딩한 오일은 자존감을 잃지 않고 자신감으로 가득 차서 강하고 꼿꼿한 마음이 되도록 다잡아 준다.

티트리 오일 뚜껑을 열면서 생각한다. '남들만큼'이라는 것은 도대체 무엇일까. 무엇을 근거로 그렇게 말하고 비교할 수 있을까. 남들만큼만 살면 좋겠다는 건 어떻게 살아야 한다는 것일까. 남들과 다르면, 혹은 비슷하지 않으면 내 삶은 틀린 것일까. 다른 사람들과 같은 시기에 결혼을 하고 같은 시기에 아이를 낳아 가정을 이루기만 하면 저절로 완벽한 삶이 되는 것일까. 행복해 보이는 다른 사람들에겐 삶의 걱정이 정말 하나도 없을까. 그들에게도 잘 못하는 부분이 있지는 않을까. 남들이 말하는 평균적인 삶에서 내가 너무 멀어지고 있는 걸까. 그것보다 평균적인 삶은 도대체 무엇일까. 무엇을 채워야 완벽해질 수 있나. 사람들은 왜 내가 부족하다고 하는 걸까. 잣대를 들이댈수록 부족해진다면 결국 나는 아무것도 남지 않는 사람이 되어버리는 걸까. 내 인생은 아무것도 아닌 걸까.

생각이 꼬리에 꼬리를 물수록 나는 슬퍼졌다. 세상에서 가장 행복한 사람이 되지 못할 수도 있지만, 적어도 슬프지는 않은 사람이 되고 싶다고 생각했다. 남과 비교하는 일을 중단해야 내가 자유로워진다. 행복할 수 있는 힘이 생긴다.

비교하는 것보단 나누는 일상을 살고 싶다. 적극적인 성격이 아니라 남들에게 무엇을 나누자고 자주 제안할 수 있는 사람은 아니지만, 나눌 수 있는 상황들이 많아지면 좋겠다. 혹은 나눌 수 있는 제안을 해 주는 사람들을 곁에 많이 두어야겠다 생각하기도 한다. 그렇게 적당한 기회를 마주치는 날들이 많아지면 한다. 내게 없는 성향을 가지고 있는 좋은 사람들을 많이 만나고 싶은 이유이기도 하다. 비교하는 마음에 흔들리지 않는, 꼿꼿한 자존감을 가진 티트리 같은 사람들이 내 곁에 머물러 주면 좋겠다.

좋은 친구들과 맛있는 차 한잔을

"오즈 야스지로(小津安二郎)의 DVD를 사려고 해. 그의 영화 30편이 수록되어 있대."

친구에게 연락이 왔을 때, 나는 30개의 티백이 들어 있는 티 컬렉션 북을 사야 하나 말아야 하나 고심하고 있던 찰나였다. 어쩜 이렇게 좋은 타이밍을 함께할 수 있을지.

"서른 개의 차와 영화를 함께할까?"

실행력이 좋은 친구가 자리를 만들어 준 덕에 여러 사람과 오즈 야스지로의 영화 한 편과 루피시아의 차 한잔을 곁들인 주말을 시작할 수 있었다.

건축을 전공했던 나에게, 오즈 야스지로는 화면에서 건축적 그리드를 너무나도 잘 구현하는 감독이다. 끊임없이 이어지는 스토리들과는 반대로, 등장인물들은 선과 면으로 갈려 정지된 화면에 촘촘하면서도 조용히 갇힌다. 일본 건축

LUPICIA
Houjicha "Shigaraki"
KILIMANJARO
LUPICIA

의 특성이기도 하겠지만 낮은 천장과 좁은 통로, 연속된 방문과 규칙적인 문살이 화면에 가로세로 분할되어 갇힌다. 감독은 낮은 시선으로 공간의 깊이를 선과 면으로 구획하고 플랫하게 만든다. 이런 감독의 낮은 촬영 기법을 '다다미 쇼트'라고 부른다.

우리는 감독의 시선과 동일한 높이에서 함께 낮은 자세로 영화를 보았다. 감독과 배우와 우리는 한 시선 속에 있었다. 대사 한마디 없는 무성영화에는 눈도 깜박이지 않고 집중했고, 소리가 나오고 컬러를 입힌 작품들을 보면서 영화의 빠른 발전을 함께 즐겼다. 계속해서 출연하는 배우들이 익숙하게 느껴져서 아버지, 삼촌 같은 애칭을 붙이며 반겼다.

화면 속에서 가족들이 나누는 찻자리를 구경하다 영화가 끝나면 우리만의 찻자리를 펼쳤다. 따뜻한 차를 함께 마시면서 다음 주엔 어떤 영화를 볼지, 남은 티백 중에 어떤 맛의 차를 함께 마실지를 고민하고 결정하는 시간이 재미있었다. 오즈 감독의 카메라처럼 우리는 언제나 동일한 시선으로 영화를 보고, 찻잔을 쥐고 서로를 바라보았다.

꽃망울이 피기 시작한 초봄에 시작한 여정은 한 해의 마지막 달에 접어들어서야 겨우 끝났다. 영화와 차와 친구들과 일 년의 시간을 함께했다. 길고 긴 시간 동안 꾸준히 무언가를 향해 달려가는 길엔 좋은 친구와 맛있는 차 한잔이 필요함을 깨달은 시간이었다. 지난번에 본 영화와 오늘의 영화를 비교하고 몇 주 전에 마신 차와 오늘의 차를 비교했다. 친구들은 서로 좋은 점을 찾기 바빴다. 어떤 포인트가 얼마나 좋은지를 이야기하는 시간이 행복했다. 그렇게 함께 마셨던 티백의 향기와 맛은 지금도 생생하게 기억에 남는다.

삶에 무엇과의 비교가 꼭 필요하다면 이런 것들로 채우면 좋겠다. 긍정적인 마음들로만 넘치면 좋겠다. 혹 부정적인 감정이 여드름처럼 솟는다면 그 도드라짐을 잠재우기 위한 티트리 같은 향으로 우리 마음이 채워지면 좋겠다. 꼭 티트리가 아니어도 따뜻하고 맛있는 한잔의 차, 그 차를 나눌 수 있는 좋은 사람들, 행복하게 흘러가는 시간들이면 좋겠다.

슬픔을 비교하기보단, 우열을 가리기보단, 행복을 비교해서 나누고 싶다. 함께 좋은 것들을 나누면서 하루하루를 채우고 싶다.

마음을 열어 주는
편안함,

오렌지 —— Orange

인정하기 싫지만 늘 나사가 한두 개쯤 빠진 사람이다. 자기 물건은 뭐든지 완벽하게 잘 챙길 것 같고, 남의 물건도 덩달아 잘 챙겨줄 것 같은 이미지라고 타인에게 평가받곤 하지만 전혀 그렇지 않은 사람이다. 언제나 무엇인가를 질질 흘리고 다니기 일쑤다.

우산은 하도 놓고 다녀 비가 내리다 그친 날이면 당연히 우산도 비와 함께 사라진다. 지갑은 몇 번씩이나 버스 종점 물품 보관소에 다녀왔다. 길에 흘린 카드를 주운 사람이 카드 회사에 전화를 걸어 주어서 카드가 없어진 사실을 알게 된 일도 있고, 없어진 카드 지갑이 어느 경찰서를 거쳐 소포로 집에 돌아온 일도 있다. 멍 때리며 버스를 타고 가다가 배달해야 할 제품을 놓고 내린 적도 있다.

최근엔 무선 이어폰을 잃어버렸다. 아무리 생각해도 어디서 마지막으로 보았는지 생각이 나지 않는다. 없어졌다는 것을 깨달았을 땐 케이스만 덜렁 가방에 있었다. 망각의 열매를 먹은 것 같은 기분이다. 도대체 무슨 생각을 하면서 사는 사람일까, 나는 나를 잘 알 수 없다. 남들에겐 완벽하고 나에겐 칠칠찮은 사람, 그게 나일지도 모르겠다.

여행을 정말 좋아하고, 적당한 가격의 항공권을 잘 찾고, 이런저런 예약도 곧잘 하는 계획성도 갖추었지만 여행 가방을 챙기는 일은 서투르다. 물건을 질질 흘리고 다니는 성격이 여행 가방에서도 드러난다. 미리미리 챙기는 습관이 없기 때문인지 나사가 빠진 성격 때문인지 도착해서 가방을 열면 반드시 뭔가가 하나씩 없다. 지난 여행에선 카메라 충전 케이블을 챙기지 않아서 겨우 가져간 카메라를 한 번도 쓰지 못했다. 그 전 여행에선 렌즈 세척제를 빠트려 도착하자마자 편의점을 뒤지며 세척제를 샀다. 비몽사몽 공항에 도착했는데 케이스도 없이 주머니에 안경이 덩그러니 들어 있던 날도 있었다.

그렇게 하나씩 빠트리는 물건이 있지만 아무리 급해도 제일 먼저 구석에 꼭 잘 챙겨 넣는 아이템들도 있다. 어디에 가든 꼭 필요한 물건들이기 때문이다. 혹시 놓고 온 물건이 있어도 당황하지 않게 날 다독여 주는 것들이다. 넓은 순면 손수건, 그리고 직접 블렌딩한 오렌지 향의 룸 스프레이.

호텔 방문을 열었을 때 나는 먼지 가득한 낯선 냄새를 너무 싫어한다. 처음 마주친 공간에서 빠트리고 온 것들을 떠올리며 안절부절못하는 순간들을 피하고 싶다. 가방을 열었을 때 놓고 온 것들이 기억나도 어떻게든 되겠지, 하며 마음을 내려놓고 싶다. 부드럽고 편한 기분으로 지금의 여행을 즐기고 싶다.

가벼운 오렌지 향이 패브릭에 내려앉아 나에게 편한 공간으로 바뀌는 것이 좋다. 아무리 잘 세탁되고 정돈된 호텔 리넨에 누워도 방 안 공기의 냄새가 낯설어 쉬이 잠들지 못할 때가 많아서, 패브릭에 가져간 룸 스프레이를 골고루 뿌리고, 베개 위엔 넓은 내 손수건을 얹어 두어야 한다.

이런저런 오일들을 블렌딩하거나 테스트 중인 향을 가지고 여행을 떠나지만, 대개는 스위트오렌지를 메인으로 한 것이다. 따뜻하고 가벼운 시트러스 향이 여행 기간을 가득 채운다. 여기서 쉬어 가라고, 마음을 열고 편안해져도 된다고 말해 주는 느낌으로 가득 찬다. 여행이 아니어도, 뭐든지 잘 못 챙기고 질질 흘리는 나를 잊고 싶은 날들에 사용하면 좋다.

가볍고 밝은 마음이 되도록

비단 여행을 떠날 때만이 아니라 언제나 내가 있는 공간에서 상큼하고 밝은 향이 빛나기를 원한다. 현관문을 열었을 때 기분 좋은 향이 나를 반겨 주길 바란다. 집을 떠나기 전엔 천천히 남아 있는 냄새들을 없애기 위해 작은 티라이트 캔들에 불을 붙이며 문을 잠근다. 돌아와 현관문을 열고 나서는 신발 벗기가 무섭게 인센스에 불을 붙인다. 외투를 벗고 가방을 정리하는 짧은 시간 동안 빠르게 향으로 공간을 채우고 싶다. 최근의 향기 생활 패턴이다.

주방과 현관이 이어져 있기 때문에 주로 주방에 있던 캔들에 손 뻗어 불을 붙인다. 요즘 외출 준비 마무리 캔들은 주로 오렌지다. 부드러운 상큼함이 마치 시트러스 계열의 정석 같다.

많은 설명을 할 필요 없이 단어만 떠올려도 모양이, 그 향이 바로 연상되는 오렌지. 밝은 녹색의 타원형 잎이 돋으며, 향기롭고 작은 흰색 꽃을 피우는 나무다. 오렌지는 포멜로와 만다린의 혼합종으로 탄생했으며, '오렌지(Orange)'라는 이름은 산스크리트어로 과일을 뜻하는 말에서 유래했다고 한다. 예부터 감사와 관용의 의미로 여겨졌고, '순금 사과'로 불리며 순결과 다산을 상징하기도 했다. 16세기 유럽에서는 오렌지를 잘게 잘라 클로브 버드와 함께 넣어 향주머니(샤쉐, sachat)를 만들기도 했고, 고대 중국에서는 오렌지의 치료 가치를 처음으로 인식해서 껍질을 수세기 동안 매우 중요한 약재로 사용하기도 했다.

오렌지는 달콤한 스위트오렌지와 약간 쓴 비터오렌지 두 가지로 나뉘는데, 원조는 비터오렌지 혹은 세빌(Seville)오렌지였다고 한다. 아랍인들이 서기 1세기에 지중해에 소개했고, 11세기부터는 세빌오렌지를 증류해서 향수를 만들었다고 한다. 오렌지 나무의 과실에서는 오렌지, 꽃에서는 네롤리, 잎에서는 페티그레인 오일이 추출된다. 하나의 나무에서 이처럼 다양한 오일이 태어난다.

스위트오렌지는 비터오렌지 종보다는 뼈대가 가늘거나 거의 없는 작은 크기의 상록수이다. 과일은 달콤한 과육과 껍질을 가지고 있다. 노랗거나 진한 오렌지 빛깔을 띤 증류된 오일은 오렌지보다 달고 신선하며 꽉 찬 맛이 있다. 뚜껑을 열자마자 신선한 귤껍질을 벗길 때의 오렌지 향이라고 바로 인지가 가능할 정도의 익숙한 냄새이다. 개인적으로는 비터오렌지보다는 스위트오렌지를 더 선호한다. 달콤하면서도 가볍게 기분이 좋아져서 자꾸만 손이 간다. 여행용 스프레이로는 라벤더와 베르가모트와 스위트오렌지의 '풍부한 오렌지'를 자주 쓴다.

가볍고 상쾌한 향은 가라앉은 기분을 밝게 바꾸어 주며 기운을 북돋아 준다. 상큼한 과일들이 입맛을 돋우는 것과 같은 효능이다. 밝은 기분이 되어 덤벙대는 성격도 괜찮다고 나를 토닥거릴 수 있다. 마음을 열고 긍정적으로 생각하며 내면의 활기를 되찾을 수 있게 도와주기도 한다. 일을 열심히 하려고 애쓰는 완벽주의자의 꽉 끼는 옷의 단추를 한두 개쯤 풀어 준다.

행복한 마음으로 향기를

'감사하는 향기'를 만들면 어떤 느낌이 될까.

〈오, 브라더 오, 시스터(小野寺の弟。小野寺の姉)〉라는 영화는 '감사하는 향기'를 만드는 여정이다. 오노데라 스스무라는 조향사는 '마음이 편해지는 향'이라거나 '따뜻한 봄 향기' 등의 이름이 붙은 입욕제를 만드는 사람이다. 그는 감사하는 향기를 제대로 만들고 싶어 한다. 그런 이름은 붙이기 나름이니 그냥 잘 팔리는 향기를 만들어 달라고 보채기만 하는 담당자에게, 스스무는 이왕이면 제대로 하고 싶다며 감사하는 마음을 담을 수 있는 향을 찾기 시작한다.

"향기를 만드는 작업은 조각을 하는 느낌과 닮았어요. 머릿속의 이미지를 구현하는 의미이기도 하니까. 그래서 이런 걸 보면서 상상력을 키우는 것이 필요하달까." 스스무는 이렇게 말하면서 몬드리안의 아트북을 보거나, 마치 산책길에 신난 강아지처럼 풀과 꽃과 길가에 묻은 다른 강아지의 오줌 냄새까지 킁킁거리면서 맡는다. 그는 잘못 배달된 우편물로 어느 일러스트 작가와 인연을 맺고, 향기를 전하는 강아지 페로의 이야기를 담은 그림책을 만드는 과정을 도와주기도 한다.

하지만 스스무가 밖으로 나돌며 애써 찾아다니던 감사의 향기는, 평생 곁에서 투닥거리며 삶을 함께해 주는 누나와의 시간에 담겨 있었다. 서로에게 솔직한 마음을 전하는 주방에선 알싸한 고추 향기가 퍼졌다. 그 향기를 기분 좋게 킁킁거리며 스스무는 그제야 '감사한 향기'를 깨닫는다.

향기를 만드는 것은 그런 여정이 아닐까, 영화를 보는 내내 생각했다. 어설픈 자기만족이나 진심이 담기지 않은 그럴듯한 친절함이 아닌, 정말로 상대방을 위한 마음을 담는 일이다. 스스무처럼 나도 단순히 그럴듯한 향을 만들어서 그럴듯한 이름을 붙이는 일은 하고 싶지 않았다.

그래서 어렵고 뭔가 부족한 생각이 든다. 하지만 내가 만든 향기를 맡아 본 사람들은 스위트오렌지의 향처럼 따뜻하고 달콤한 마음이 되었으면 좋겠다. 대량으로 많이 팔리지 않아도 좋지만, 내가 만든 것들에 기뻐하고 좋아하는 소수의 사람이라도 만나고 싶다. 그래서 그들이 답답한 지금의 무거움을 잠시라도 벗어 두면 좋겠다. 함께 마음을 열고 편안한 기분이 되면 좋겠다.

그러기 위해서 오늘도 오렌지처럼 즐거운 마음으로 블렌딩한다. 기분 좋은 마음으로 향을 들이마신다. 다른 사람을 행복하게 만들어 주고 싶으면 내가 먼저 행복한 사람이 되어야 한다는 것을 늘 잊지 않는다.

곁에 있어 준다는 위로를 전할 때,

타임 —— Thyme

나이가 들어 갈수록 경험도 쌓여서 요령이 생기는 일들이 있고, 종종 겪지만 점점 더 못하게 되는 것 같은 일이 있다. 나는 위로의 말을 건네는 일을 잘 못한다. 쉬울 것 같지만 정작 순간이 닥치면 아무것도 못하고 발을 구르는 나를 발견한다. 어떤 말을 전해야 상대방의 마음을 다독일 수 있는지 점점 더 모르겠다.

최근엔 너무 소중한 사람을 떠나보낸 이에게 무슨 말을 해야 할지 몰라서 문자를 썼다 지웠다를 반복했다. 괜찮을 거야, 괜찮아질 거야, 같은 말을 한다 한들 그 사람이 지금 괜찮지 않을 것 같았다. 허공에서 겉돌다 사라지는 말 말고 지금의 나를 보낼 수 있는 언어를 전하고 싶은데 어떻게 해야 하는 건지 알 수 없을 때가 많다. 언제나 아픔과 죽음 같은 인생의 리듬 앞에서는 중심을 잃고야 만다.

나이가 들수록 다양한 사람들을 만나고 다양한 경험을 하면 능숙하게 상황에 맞는 위로를 잘하는 사람이 될 거라고 생각했는데 그렇지 않았다. 몸이 너무 아픈 친구에게 말을 전하는 것도 어렵기만 하다. 곁에 있다면 말없이 꼭 안아 주고 온기를 전하고 싶었는데 그럴 수 없는 사람에게는 무엇을 전해야 할까. 무거운 공기를 뚫고 까불거리면서 실낱같은 미소라도 짓게 하고 싶은데, 그럴 때 발견하는 나는 유머도 할 줄 모르는 바보다.

요즘 다른 사람들은 어떻게 서로를 위로하고 살아가는지를 넷플릭스 드라마 시리즈 〈빨간머리 앤(Anne with an 'E')〉으로 만나고 있다. 상상력이 풍부하고 똑똑하지만 자신을 잘 믿지 못하고 자존감이 센 빨간 머리의 아이가 사람들을 만나 사회적으로 성장하는 이야기다. 감정을 전하기 위해서는 내밀한 소통을 해야 하는 시절이라 하고 싶은 말이 있으면 달려서 상대방의 집으로 향해야 한다. 문 앞에서 크게 숨을 쉬며 마음을 잘 가다듬고, 서로 얼굴을 마주 보고 이야기를 나누어야 한다. 혹여 만나지 못하면 마음을 담은 편지를 남겨야 하는 그런 오고 감에 대해 배운다. 나이와 성별, 인종을 뛰어넘어 서로의 실수를 인정하고 제대로 사과하는 태도를 배운다. 위로를 잘하는 사람들의 이야기를 보며 가르침을 받는다. 슬픔을 함께 공감하고 각자의 방법으로 위로를 전하는 그들을 본다.

최근엔 서투른 언어들 대신 “곁에 있어 줄게”라는 말을 보내곤 한다. 지금 당장이 아니어도 그 힘듦이 끝나기 전에 곁에 가만히 있어 주는 것으로, 잠시라도 편히 기댈 수 있는 사람이 있다는 안도감을 주고 싶어서다. 그들 곁에 머물러 주고 싶다. 혹시 내가 달려갈 수 없다면 대신 향을 보내고 싶다. 그 곁에서 천천히 향기로 남고 싶다는 생각을 한다. 말이 서투르고 표현을 잘 못하는 나에게 전할 수 있는 향이 있어 다행이다. 아픈 친구에겐 아픔을 달래 주는 오일을, 외로운 친구에겐 따뜻한 사람의 품 같은 오일을 전하고 싶다. 서투른 글자가 아닌, 잘 못하는 말이 아닌, 오래 남을 수 있는 나만의 방법으로 그 곁을 지켜 주고 싶다.

말하지 않아도 전해지는

오래오래 함께할 수 있는 향은 어떤 것이 있을까. 우연히 발로 밟으면 발끝에 그 향기가 남아 백리를 함께한다는 꽃이 있다. 그래서 백리향(百里香)이라고 불린다. 분홍색의 작은 꽃들이 가지 끝에 모여 피기 때문에 멀리서 보면 큰 꽃처럼 보이기도 한다. 강하지는 않지만 산뜻하게 퍼지는 향기가 잠깐 맡고 지나가도 종일 코끝에 매달리는 것 같은 느낌이 된다.

그 백리향과 같은 종의 허브 식물이 있다. 맵고 짙은 풀향이 나고 붉은빛이 도는, 타임이다. 백리향의 학명은 ‘Thymus quinquecostatu'이고, 에센셜 오일로 쓰는 타임의 학명은 'Thymus vulgaris'이다. 종종 같은 식물로 비교되고는 하는데 모양과 향에 차이가 있다.

타임의 학명인 'Thymus vulgaris'는 '용기'를 뜻하는 그리스어 'thúmos'에서 유래한 이름이라고도 한다. 로마 시대 병사들은 전투에 나가기 전에 타임을 우려낸 물로 목욕을 했으며, 중세 시대에는 십자군 원정을 떠나는 기사들의 목도리를 타임의 잔가지로 만들었다.

타임에 들어 있는 티몰(thymol)은 중요한 활성 성분으로 강력한 방부제다. 잎을 따서 옷과 함께 보관하면 방충제를 대신하는 효과가 있고, 진하게 차로 우려내서 식물에 뿌려 주면 해충을 쫓을 수도 있다.

또한 타임은 두통과 스트레스가 있는 경우, 특히 지치고 침울하거나 무기력한 사람들에게 효과적이라고 알려져 있다. 유칼립투스, 페퍼민트, 레몬과 함께 블렌딩하면 상쾌하게 기분 전환이 되는 느낌이다. 타임의 향기는 정신 회복에 매우 유용하며, 몸도 함께 힘낼 수 있도록 식욕도 자극한다. 타임은 몸과 마음을 강인하게 만들어 생활에 활력을 주며 마음 속 낙심을 쫓아버린다. 말하지 않아도 전할 수 있는 위로 같은 느낌이다.

포근하게 머무를 수 있도록

여행으로 서울을 찾은 외국인들을 위해 작업실에서는 캔들을 제작하는 에어비앤비 체험 프로그램이 있다. 일본에서, 대만에서, 미국에서 온 다양한 사람들을 만나고 그들과 함께 좋아하는 오일들을 골라 새로운 향을 함께 만들어 본다. 그들의 이야기를 듣고 취향을 엿본다. 각자가 자유롭게 오일을 선택하면, 그것을 기반으로 꽃이나 색으로 장식하는 새로운 캔들을 만든다. 완성한 캔들에 어울리는 이름을 생각해 내면 내가 한글 캘리그라피로 예쁘게 써서 선물하는 수업이다.

함께하는 시간은 행복하지만, 무거운 유리 컨테이너에 부서지기 쉬운 드라이플라워로 장식하는 캔들이라 어떻게 챙겨서 가져갈 수 있는지 걱정이 될 때가 많다. 하지만 비행기로 열 시간 이상을 날아가야 하는 지구 반대편의 사람들에게 우리가 함께 만든 향기가 전달되었다는 이야기를 들으면, 직접 그곳에 간 것도 아닌데 마치 내가 그곳에서 마음을 전한 것 같은 뿌듯한 마음이 들 때도 있다.

'서울의 추억'이라든지 '한국의 여름밤' 같은 이름을 붙인 캔들의 향기를 함께 맡으며 서울 여행 이야기를 가족들과 나누었다거나, 귀국하자마자 가족들과의 저녁 식사 자리를 서울에서 가져간 캔들로 향기롭게 만들었다는 이야기를 들려주면 나도 그 향의 일부가 되는 것 같다. 먼저 경험한 친구의 추천으로 일부러 시간을 내어 먼 거리에 있는 작업실로 와 주는 사람들도 있다. 내가 아직 가 보지 못한 곳으로 향기들이 날개를 달고 날아간다.

향은 먼저 도착해서 기다리고 있기도 한다. 향이 서두르는 부산스러움을 만나는 순간들이 있다. 부산 본가의 아파트 단지엔 봄이 오면 천리향 나무에서 꽃이 활짝 핀다. 서향 나무라고 알려져 있지만 향기가 천 리를 따라간다고 해서 천리향이라고도 불린다. 아파트 단지 입구부터 나무 향기가 퍼져 나를 간지럽힌다. 그윽하다는 말이 이런 꽃향기에서 나왔구나, 하는 느낌이다. 공기 중에 향기가 가득 차 어서 올라오라고 저 먼 거리에서부터 나를 재촉한다. 말하지 않아도 방문을 반겨 준다. 잘 돌아왔다고, 잘 쉬어 가라고 나를 다독여 준다. 봄에만 느낄 수 있는 향기의 환영이다.

집으로 바로 올라가는 대신 아파트 단지를 천천히 산책하면서 타임이든, 백리향이든, 천리향이든 오래오래 지속되는 것들, 특히 향들에 관해 생각했다. 말 대신 향기를 어떻게 잘 싸서 보낼 수 있는지에 대한 방법도 고민한다. 무엇보다 사람들 곁에 축하처럼, 위안처럼, 포근하게 안아 줄 수 있는 향을 만드는 방법에 대해서도.

우리의
삶을
채우는,

레몬 —— Lemon

세상에서 가장 싫은 일을 꼽아 보라고 하면 아마도 이사의 주기가 돌아오는 일일 것이다. 피하고 싶지만, 그 시기는 잊지 않고 찾아온다. 서울 어느 곳에도 내 집이라 부를 곳이 없는 인생을 살고 있어 전세 만기가 돌아오면 어쩔 수 없이 이사를 해야 한다. 역시나, 또 당연히 내 마음에 드는 공간을 빌릴 금전적 여유가 없기 때문에 늘 말도 안 되는 저렴한 금액에 맞추어 일터에서 멀고, 좁고, 허름한 곳을 찾아 헤매곤 한다.

독립성을 너무 중요시하는 부모님은 서울에 와서 집을 같이 찾아 주거나 집에 대한 조언을 해 주는 일도 없다. 앞이 깜깜하고 결정하기가 힘들어 전화를 했던 날엔 "내가 여기 앉아서 거기 일을 어떻게 아나. 니 알아서 해라."라는 말로 일축했다. 혼자 해야 하는 이삿날이 버거워도 마찬가지였다. 도통 혼자 사는 집에 올라오시는 일도 없다. 늘 그렇듯 네 일이니 네가 알아서 해야지, 라고 생각하고 계신지도 모르겠다. 언젠가 집에 처음으로 들른 아빠는 이 동네 깨끗하고 좋은 집 많은데 왜 이런 데에 사느냐고 핀잔을 하셨다. 잔소리 대신 돈을 얹어 주시면 좋을 텐데, 그런 일은 생전 일어나지 않았다.

끙끙거리며 혼자 집을 구하러 다니면 온갖 험한 일이 보너스처럼 생긴다. 부동산에서의 멸시, 어린 여자가 괜스레 깐깐하다는 핀잔, 남자라도 만나 대출을 받지 그러느냐는 쓸데없는 첨언, 뭐 하느라 혼자 다니느냐는 허울 좋은 걱정 같은 것들이다. 갑자기 몇 년의 수명이 줄어들기라도 해버린 듯한 극한 스트레스의 끝에 진짜 이사가 있다.

겨우 가격에 맞추어 빠듯하게 구한 집이기 때문에 이상과 현실을 채우기 위한 자질구레한 수리는 스스로 하는 수밖에 없다. 공간 사이즈에 맞게 가구를 재배치하고, 커튼을 달고, 페인트도 칠하고, 방문 손잡이를 새것으로 갈고, 조명을 바꾸는 일들이 필요하다. 이것이라도 내 취향에 맞춰야 겨우 내 집이 된 것 같은 생각이 든다. 이런 수리를 스스로 할 수 있는 능력을 키우느라 건축과를 졸업한 것 같다는 우스운 생각을 하게 되는 기간이기도 하다.

이사 후 빠르게 정리하는 방법은 서둘러 집들이를 하는 것이라는 이야기를 들은 적이 있다. 이사가 끝나고 마음의 준비는커녕 짐 정리도 하지 못한 채 친구를 맞이하게 되었다.

급한 마음으로 서둘러 보았지만 쫓기는 마음으로 뭘 할 수 있을 리가 만무했다. 결국 초벌 페인트를 막 칠한, 손잡이도 달지 못한 문들 사이로 친구가 짐을 풀었다. 화장실에도 손잡이를 달지 못해 프라이빗한 공간조차 없는, 집인지 폐가인지 구분도 되지 않는 공간에 도착한 친구가 역시 정신없고 어색하다는 말을 했다. 그 말에 너무 미안했지만 그렇다고 갑자기 마법이라도 부릴 수는 없는지라 급하게 하룻밤을 재워 보낼 수밖에 없었다.

그리고 곧 돌아온 두 번째 방문. "이제서야 네 공간이 된 것 같아."라고 친구가 말했다. 지난번과 달라진 건 페인트칠과 손잡이를 마무리한 방문 정도였을까. 아직 전등을 달다 말아 어두컴컴한 공간에 멀뚱히 서서 "무슨 차이가 있어?"라고 되물었더니 친구가 대답했다. "말하기 어렵지만 향기가 있어. 너희 집 같은 냄새. 아, 네 공간이 되었구나 하는 그런 냄새랄까, 향기 같은 게 있어. 나는 그게 참 좋더라. 네 공간의 냄새."

친구의 말을 여러 번 곱씹으면서 가만히 코를 킁킁거렸더니 오늘은 유난히 가벼운 레몬 향이 코끝을 스쳤다. 나의 삶을 채우는 공간의 향은 이토록 상큼하면서도 시린 레몬을 닮았던 것일까.

가볍고 상큼하게 집 안 곳곳을

레몬은 시원하고 상큼한 느낌의 냄새가 나고 엷은 녹색빛이 도는 노란색의 오일이지만 공기와 자꾸 닿으면 갈색빛이 되기도 한다. 일 년 내내 나무에서 과실이 열려 쉽게 채취가 가능하고, 90% 이상이 이탈리아의 시칠리아에서 생산되고 있다. 이탈리아산은 수확기에 따라 서머레몬(summerlemon)과 윈터레몬(winterlemon)의 두 종류로 나뉜다.

레몬 오일은 레몬 껍질에서 추출하기 때문에 우리가 늘 맡곤 하는 레몬 열매의 향과 별반 다르지 않아 익숙하고 상큼하다. 가볍고 신선한 향을 맡고 있으면 긴장이 천천히 풀리고 요동치던 감정이 잠잠해지면서 차분해지는 것을 느낄 수 있게 된다. 무겁지 않은 특유의 느낌 때문일까.

가볍고 산뜻한 레몬 향은 기분을 의욕적으로 돋워 주는 대표적인 시트러스 계열이다. 가벼운 기분으로 쉽게 찾을 수 있어 집 안 곳곳에 필요할 때가 많다. 각종 잡내를 제거하는 효과가 있어서 욕실이나 주방에 놓아두면 좋기 때문에 작게 스프레이로 만들거나 캔들로 만들어 두면 편하다.

나는 집에서 사용하기 쉽게 티트리와 레몬, 로즈메리의 오일로 패브릭 스프레이를 만들어 두곤 한다. 빠르게 기분 전환을 하고 싶을 때 커튼이나 이불에 뿌리면 실내의 공기 표정이 바뀌고 마음도 상큼해진다. 레몬은 뇌를 자극해 기분을 맑

게 하고 정신적인 안정을 돕기도 한다. 머리가 멍하거나 불안할 때 도움을 받을 수 있다. 바질이나 페퍼민트, 티트리와 블렌딩해 아침 캔들로 사용하면 상쾌하고 기분 좋은 하루를 시작할 수 있다.

레몬과 레몬그라스, 시나몬 오일의 스프레이는 설거지가 끝난 개수대에 뿌리면 설거지 이후 남게 되는 음식물 냄새를 제거할 수도 있다. 그래서일까, 청소를 하고 난 방이나 욕실엔 자꾸만 레몬 향을 피우고 싶어진다.

엄마는 명절이나 제사로 온 집에 기름 냄새가 끼는 날엔 제사상에 올렸던 쓰다 남은 초에 불을 붙이곤 했다. 물론 아무 향이 나지 않는 파라핀 캔들에 불을 붙이는 것만으로도 기름진 냄새를 제거할 수 있다. 하지만 이왕이면 조금 더 상큼하고 좋은 향이 곁에 있으면 했다.

그럴 때 레몬이 좋다. 아무도 도와주지 않는 가사 노동에 며칠이나 시달렸을 엄마의 고달픔을, 그 무거운 몸을 기분 좋은 상큼함으로 위로해 주면 좋겠다. 이런 거 비싼 사치품일 뿐이라고, 아껴 두었다가 다른 좋은 일에 쓰자고 말하는 엄마도 언젠가는 이런 잠깐의 사치가 삶에서 중요한 역할을 하게 된다는 것을 알게 되길 바란다.

우리의 삶이 늘 사치스러울 정도로 향기로우면 좋겠다.

하루의 끝이 사치스러울 수 있게

냄새의 힘은 크다. 후각은 다른 감각에 비해 훨씬 직접적이고 즉흥적으로 반응한다. 어떤 공간을 찾았을 때 좋은 향이 나면 기분이 좋아지고 마음도 편안해진다. 향 때문에 그 공간이 기억에 오래도록 남기도 하고 나중에 찾고 싶어질 때가 있다. 낯선 공간이라도 익숙한 향을 맡으면 몸과 마음이 편안해지기도 한다. 내가 있는 공간을 향기로 늘 채우고 싶은 이유다.

좋은 향기는 삶의 질이 더 나아진 것 같은 느낌을 주기도 한다. 잠깐의 단순한 사치품일 수도 있지만, 우리는 그 정도의 사치는 즐겨도 좋을 정도로 하루를 열심히 사는 사람들이다. 냄새가 좋은 화장품을 사고, 비싸지만 깊이 있는 향기를 풍기는 아이템을 고르는 것도 그런 이유 때문이다.

퇴근 후 집에 오면 제일 먼저 향을 챙긴다. 신발을 벗으면 향부터 고를 수 있도록 현관 가까이에 트레이를 두었다. 집에 돌아와서 챙겨야 하는 그 어떤 일보다 먼저 하는 일이다. 성냥에 불을 붙이는 순간 진짜 퇴근이 시작되는 느낌이다. 인센스에 불을 붙이고 침실엔 촛불을 켠다. 내내 인기척도 없던 집을 향으로 가득 채운다.

친구들이 보내 주어 차곡차곡 쌓인 플레이리스트를 재생하며 향이 차오르는 것을 기다렸다. 음악에 관해서만큼은 편식이 없는 편이지만 깊은 밤엔 가사가 시처럼 흐르는 노래가 좋다. 오늘은 거기서 그치지 않고 겉을 박박 잘 닦은 레몬을 잘랐다. 냉동실에선 얼음을, 냉장실에선 토닉워터를 꺼냈다. 친구들과 함께 마시다 둔 위스키에 토닉워터와 얼음, 그리고 잘라 놓은 레몬을 얹어 하이볼을 만들었다. 가볍고 시원하고 레몬의 시큼함까지 느껴지는 한 잔의 술이다. 좋은 하루를 보내고 돌아와 한 잔의 술을 손에 쥐면 어른이 된 것 같은 뿌듯한 마음이 된다. 끝없이 듣고 싶은 음악, 머들러를 휘저을 때마다 달그락거리는 얼음의 소리, 코끝으로 퍼지는 진한 레몬 향으로 오늘을 잘 보낸 나를 칭찬한다.

오늘의 감정은 향으로 풍성하면서도 즐겁게 잘 채워지면 좋겠다. 알찬 하루를 사치스럽게 마무리할 수 있으면 좋겠다. 하루의 끝이 향기롭게 빛나는 매일이 될 수 있도록.

다 같이 조금 게으르고 느리게 살아요,

진저 —— Ginger

차분한 성격의 사람이시죠? 늘 조용하고 안정된 기분일 것 같아요. 이런 이미지로 상대방에게 보일 때가 많다. 혹은 뭐든지 차근히 하나씩 해 나가고 실수도 절대 안 할 것 같다거나, 조용히 캔들을 만들고 뜨개질을 할 것 같은 이미지에 딱 맞는 사람일 것 같다는 그런 유의 오해를 종종 받는다. 타인에게 보이듯 그렇게 여유롭고 차분하고 안정적인 사람이면 정말 좋겠지만, 나는 전혀 그런 성격의 보유자가 아니다. 생김새와 성격이 닮으면 오해받거나 섣부르게 판단당하지 않아 참 편할 텐데, 하고 생각한다.

일단 무조건 미루고 미루는 성격이다. 세상에서 가장 게으른 사람 순위에 오를 것 같을 정도로 미루기 대장이다. 너무 보고 싶은 전시가 생겨도 나중에, 다음에, 조금 더 시간이 날 때, 하며 미루다가 꼭 마감일에 쫓기는 사람처럼 달려가서 본다. 스크린에 보고 싶은 영화가 걸려도 마찬가지다. 지금이 아니어도 되겠지, 내일이나 모레쯤 더 여유로울 때 챙겨 보면 되겠지, 하며 미루고 미루다 가까이에 있는 영화관에서 더 이상 상영이 안 될 정도로 막을 내리기 직전이 되어서야 후다닥 멀고 먼 곳까지 쫓겨 가서 보게 된다.

어떤 일에도 막차를 타는 사람이다. 내가 무언가를 보고 왔다고 말하면 다들 그거 이제 끝났구나, 하고 생각하게 될 정도란다. 생각이 들었을 때 바로 실천하는 사람이면 좋은데 그렇지 않을 때가 너무 많다.

"밥을 먹고 바로 설거지를 하는 사람은 무엇이든 할 수 있는 사람이래."라고 친구가 말했다. 밥을 먹고 빈 그릇을 바로 치워서 정리하는 부지런함이 있다면 정말 무엇이든 할 수 있을 것 같았다. 그런 이야기를 들으면서 "그래, 나도 설거지를 잘하는 사람이 되어야지!"라고 결심하는 사람이 되고 싶지만, 나는 "아휴, 그런 거 못 하지. 어떻게 해." 하면서 고개를 젓는 타입이다. 바로 설거지를 안 할 거라는 것을 너무 잘 알아서 설거지 거리를 최대한 만들지 않도록 요리하는 사람이 나다. 그리고 얼마 안 되는 설거지 거리를 잘 쌓고 쌓아 다음 날이 되어서야 겨우 정리하는 사람이 나다.

느긋하고 여유로운 사람이라 미루는 버릇이 있는 사람이면 좋겠는데, 그게 아닌 것이 진짜 문제이다. 정말 하고 싶은 것들을 미루는 이유는, 내가 나에게 쫓기는 사람이기 때문이다. 게으르고 느린 사람인데, 스스로에게 쫓기는 것이 익숙하기까지 하다. 중요하지 않은 일들을 붙잡고 있느라 정말 원하고 해야 하는 중요한 일들을 자꾸 놓치고야 만다.

주저하는 마음엔 진저를

어떻게 하면 잘 미룰 수 있는지를 고민하는 이런 나의 마음에 품기 좋은 향은 진저다. 주저하는 마음에 추진력이라는 불을 붙여 준다. 주저하는 마음에 채찍질을 가해 주는 고마움이다. 이 일을 잘 끝낼 수 있을지 걱정되는 마음을 확신으로 바꾸어 주는 단호함, 붙잡고 있는 것들을 끝낼 수 있도록 해 주는 다정한 역할을 한다.

누군가 해 주겠지 하고 할 일을 미루고 있거나 하던 일을 어정쩡하게 마무리하지 못하고 있는 상태를 잘 극복할 수 있도록 도와준다. 지금이 아니면 안 되는 일들의 좋은 때를 놓치지 않도록, 이 순간을 잘 붙잡을 수 있도록 손 내밀어 준다. 모든 일을 잘해 내기 위해 내 마음속 에너지가 흩어지지 않도록 잘 붙들어 준다.

진저는 연한 노란색의 오일로 생강 특유의 싸한 느낌 속에 달달한 느낌이 감돌고 있는 게 특징이다. 진저(Ginger)의 이름은 산스크리트어인 'singabera(뿔처럼 생긴 모양)'에서 유래했다고 알려져 있다. 이 식물의 뿌리 모양을 쏙 빼닮은 이름이다. 몸을 따뜻하게 데워 피로를 풀어주는 작용을 하기 때문에 몸이 차가운 사람에게도 좋고 몸뿐만 아니라 마음의 냉기도 따뜻하게 해 준다. 로즈메리와 주니퍼*, 레몬을 함께 사용하곤 하는데, 몸과 마음이 밝은 빛으로 빛나는 기분이 된다.

손끝 발끝이 잘 시리는 체질의 나는 겨울 감기에도 약하다. 감기 기운이 올라올 때가 많고 약한 감기가 오랫동안 떨어지지 않기도 한다. 겨울이 되면 엄마가 보내 온 유자청을 잘 챙겨 먹는 것으로 겨울 감기에 대처한다. 비타민을 챙겨야 한다며 잊지 않고 챙겨 주는 우리 집만의 겨울 아이템이지만 언젠가부터는 스스로 더 챙겨 먹게 되었다.

무슨 비밀이 있는지 사 먹는 것으로는 대체할 수 없는 달고 깊은 맛이 있는데, 비결을 캐물으면 엄마는 늘 별게 없지, 하면 고생이지, 라고 말하는 비밀의 유자청이다. 엄마에겐 언제나 말해 주지 않는 별것 아닌 비밀이 많다. 엄마의 유자청에 생강을 조금 첨가하면 감기약이 되기도 한다. 생강을 잘게 썰어 꿀에 재어 놓으면 더 좋다고 하지만 귀찮은 나는 생강가루로 대체하는 편이다. 뜨겁게 한 모금 마시면 몸이 따뜻해지고 감기 기운이 가라앉는 느낌이 든다.

* —— Juniper, 측백나무 오일. 달콤하면서 시원한 나무 향이 난다.

애쓰지 않는 날들이 되도록

일 년의 끝을 며칠 앞둔 날, 일 년 내내 미루어 두었던 정기검진을 받으러 병원으로 향했다. 건강검진을 받아야 하는 해라고 우편물도, 문자도, 전화도 왔지만 나중에 천천히 하지 뭐, 하고 또 미루었다. 미루고 미룬 한 해의 끝 무렵이 되어서야 마음이 쫓겨 몸이 움직였다.

하지만 끝나고 나서는 다시 또 '아유, 뭐 어때. 올해가 끝나기 전에 했으면 다행이지 뭐.' 하고 느릿한 마음이 되었다. 나만 마음이 급해진 것은 아닌지 그날은 유독 올해가 지나기 전에 작업실에 찾아가면 만날 수 있느냐는 지인들의 연락도 이어졌다. 같은 마음의 사람들이 많아서 얼마나 다행인지.

'난쿠루나이사(あなくるないさ)'라는 일본 오키나와 지방의 방언을 마음에 잘 새기고 있다. '어떻게든 잘되겠지.' 같은 뜻이다. 낙천적이고 느긋한 그들의 성향을 그대로 대변하는 것 같은 말이다. 괜히 섣부르게 걱정하거나 고민하지 않아도 된다고, 자연히 잘되는 쪽으로 흘러갈 것이라고 토닥여 주는 것 같다. 한 해의 마지막도 이런 느긋한 마음으로 애쓰지 않고 싶다.

새해가 되고 나이를 한 살 더 먹어도 미루는 성격은 크게 변하지 않을 것이다. 미루기만 하는 내 성격을 바꾸고 싶다는 생각도 계속될 것이다. 어불성설 같은 말이지만, 우리의 인생이 다 그렇지 않은가. 고민하는 것이 또 다른 고민을 부르고, 그렇게 쌓인 고민이 하루를 더 조급하고 쫓기게 만들 것이다. 차라리 우리 다 같이 조금 게으르고 느리게 살자. 바꿀 수 없는 것들을 억지로 바꾸려 애쓰지 말자. 그리고 미루는 마음에서 벗어나고 싶을 땐 매콤한 진저의 찬스를 써 보자.

부드럽고 따뜻한 내 짝사랑 같은,

카모마일 —— Chamomile

갑작스럽지도 않은 고백이지만 나는 오월을 너무 사랑한다. 오월이를 떠올리면 마음이 몽글몽글 따뜻하고 부드러운 스프가 되는 것 같다. 항상 꼭 안아 주고 싶다. 손목이 아릴 때까지 좋아하는 엉덩이 두드리기를 계속해 주고 싶다. 옷 가득 오월이의 털이 묻어도 전혀 신경 쓰이지 않는다. 내 몸이 오월이의 털로 뒤덮일 때까지 오월이를 꼭 안고 보드라운 털을 하루 종일 쓰다듬고 싶다.

가끔 옷장에서 꺼낸 옷에 오월이의 털이 묻어 있을 땐 마치 사랑하는 사람의 편지를 받은 것 같은 행복감이 들기도 한다. 핸드폰엔 오월이의 사진이 잔뜩 모여 있는 폴더가 따로 있다. 이모티콘 없이 오월이의 사진만으로 내용이 가득한 문자를 보낼 수도 있다. 짝사랑도 이렇게 지독한 짝사랑이 있을까 싶을 정도다.

오월이는 친구의 작은 한옥 찻집을 지키는 고양이다. 고등어 무늬가 선명한 등에 동그랗고 또렷한 눈동자가 빛나는, 표정이 다양하고 호기심으로 가득한 친구다. 친구와 오월에 만나 오월이가 되었다. 인간에게 무심한 듯하지만 언제나 관심받고 싶어 하고 사람을 따뜻하게 위로할 줄 알며 누구에게나 사랑받는다. 온 힘을 다해 엉덩이를 팡팡 두드려 주면 만족하는 얼굴로 곁을 내어주지만 바로 또 홱 하고 성질을 부리기도 하는데 그것마저 완벽한 생명체다.

우리는 긴 시간을 들여 천천히 가까워졌고, 이제는 긴 시간 가만히 안겨 있거나 내 다리를 베고 누워 잠시 눈을 붙일 만큼 편한 사이가 되었다. 고양이를 너무 사랑하지만 곁에 고양이가 없는 내게 오월이는 특별하고 사랑스러운 존재다. 언젠가는 작고 부드럽고 따뜻한, 오월이 같은 고양이를 가족으로 맞이하고 싶은 마음으로 살아간다.

고양이를 집에 들이는 것을 주춤하는 이유는 내 생활의 어느 공간이든 에센셜 오일로 가득 차 있기 때문이다. 사람보다 덩치가 작은 고양이나 개 같은 반려동물들은 사람보다 훨씬 원료가 되는 식물이나 오일의 영향을 크게 받는다. 오일뿐 아니라 재료가 되는 식물도 마찬가지로 동물들에게 영향을 끼친다. 사람에 비해 호르몬의 작용이 훨씬 부담스럽고 또 조심해야 할 것들이 너무 많다.

너무나도 다양한 반려동물의 종과 성질 탓에 아직도 학계에서는 연구가 계속되고 있고 무엇이 위험한지 혹은 좋은 영향을 주는 오일인지 딱 잘라 말하기 조심스럽다. 반려동물을 키우고 있는 공간에서 사용할 수 있는 적당한 캔들을 찾는 사람들을 만나면 일단은 거의 모든 오일을 조심하라고 말해준다. 어떤 향 제품이든 짧은 시간만을 사용할 것과 사용 후 긴 시간 환기할 것을 알려 드리는 정도에서 멈춘다.

고양이는 페놀(phenol), 케톤(ketone)과 같은 아로마 성분에 대한 효소가 부족해 이 성분을 잘 해독하지 못한다. 그러므로 페놀 성분이 많은 타임, 클로브, 시나몬 오일이나 케톤 성분이 많은 세이지 등은 사용을 피하거나 매우 적은 양을 사용해야 한다. 또한 모노테르펜 하이드로카본(monoterpene hydrocarbon) 성분의 오일에도 민감한 반응을 보일 수 있으니 피하는 것이 좋다. 모노테르펜 하이드로카본 성분이 많은 에센셜 오일로는 레몬, 오렌지 등의 시트러스 계열과 파인, 사이프러스 등이 있다.

순하고 달큰한 사과 빛

이렇게 조심해야 할 오일들 사이에도, 아이들이나 반려동물에게 괜찮다고 알려진 순한 것들이 있다. 내겐 작은 동물들의 보송한 털 같은 느낌의 저먼 카모마일이 그중 하나다. 물론 어느 것도 완벽하게 안전하다는 결론은 없어 웬만하면 사용을 조심하는 것이 좋긴 하다.

저먼 카모마일은 보송보송하게 솟아오르는 홑겹의 노란 꽃봉오리에서 오일을 추출한다. 국화과의 식물로 데이지를 닮기도 했고 길가에 피는 소국을 닮기도 했다. 아래로 젖혀지는 흰색 꽃잎의 모양 때문에 '뒤로 젖혀진다'라는 뜻의 'recutica'라는 종명이 붙었다. 볼록한 노란 꽃술에서 오일을 추출하기 때문에, 노란빛을 기대하게 되지만, 실은 짙은 푸른색에 가깝다. 파란빛의 오일은 달콤한 과일의 느낌이 살짝 감도는 순한 허브 같다.

오일로도 많이 쓰이지만 카모마일을 조금 더 쉽게 접할 수 있는 방법은 차로 마시는 것이다. 카모마일(Camomile)이라는 이름은 그리스어로 'khamaímēlon(대지의 사과)'이라는 뜻에서 유래했다. 신선한 꽃으로 만든 차로 마시는 카모마일에선 달큰한 사과 향이 물씬 느껴진다. 꽃을 잘 말려 만드는 카모마일 티는 깊은 밤에도 괜찮은 부드러운 맛이라 속이 불편하거나 잠이 쉽게 오지 않는 심야 시간에 곧잘 찾게 된다. 카모마일 속엔 아피제닌(Apigenin)이라 불리는 물질이 있는데 뇌의 특정 수용체에 결합해서 불안을 줄이고 수면을 유도해 준다고 한다.

베아트릭스 포터의 『피터 래빗(peter rabbit)』에는 맥그리버 농장에 갔다가 혼나고 힘든 하루를 보내고 돌아온 피터에게 엄마가 편하게 잘 자라고 카모마일 차를 끓여 주는 에피소드가 있을 정도다. 진한 차나 카페인이 많이 함유된 차가 부담스러운 사람들에게도 좋은 달콤한 한 모금이다. 달큰한 사과 빛의 깊고 편한 밤을 보낼 수 있게 된다.

어둠이 내리는 밤엔

아침 일찍 일어나서 긴 하루를 시작하는 것보다 늦은 밤 시간까지 하루를 길게 끌고 있는 편이다. 이러나저러나 하루의 시간은 비슷하니 조삼모사 같은 기분인데, 해가 가득한 하루보단 달빛으로 채워지는 하루가 더 편한 기분이 든다. 나는 어느 쪽이든 내 감정이 좋은 쪽으로 기울어지는 편이다.

사람들이 모두 잠들었을 것 같은 깊은 밤, 잠을 미루면서 직접 내린 커피를 마시고 책을 읽고 영화를 보고 이런저런 생각에 빠지곤 한다. 아침이 될 때까지 몇 곡의 음악을 반복해서 듣기도 한다. 자기 직전에 커피를 마셔도 숙면엔 문제가 없는 편이었는데, 언제부터인가 지친 몸으로 침대에 누워도 도통 잠이 들지 않는 나날들이 지속되었다. 스트레스일까 싶어 숙면을 도와주는 향들의 힘을 빌려도 보고, 잠들기 위해 애쓰느라 지치는 기분이 더 싫어 아예 하얗게 밤을 지새우기도 했다.

마음 편하게 일찌감치 누워도 똘망똘망 침실 천장의 무늬를 새는 나를 발견하고 자포자기하는 심정이 되었다. 문제가 무엇인지 도통 알 수 없는 날들을 보내다 미묘한 차이를 발견하게 되었다. 밤에 커피를 마시는 날엔 잠을 자지 못한다는 것을, 이제는 밤에 커피를 마시면 안 되는 몸이 되었다는 것을.

중년 작가의 에세이에서나 나오는 나이가 드는 징후 같은 에피소드가 내 삶에도 들어온 것이다. 이렇게나 갑작스러운 방법으로 말이다. 당황스럽기 그지없었지만 몇 번의 테스트를 거쳐 문제 해결책은 확실하다는 것을 깨닫고, 밤의 커피를 매몰차게 끊어냈다. 슬펐지만 괜스레 두근거리기도 했다. 불가능한 것이 생기면 또 다른 즐거움을 하나 더 만들면 되는 것이었다. 그 뒤로는 차를 즐기는 방법을 더 많이 배우게 되었고, 어둠이 내리는 밤엔 따뜻한 차와의 시간으로 채우게 되었다. 부드러운 달빛엔 차가 더 잘 어울리는 것 같은 느낌이기도 했다.

혼자 사는 집에 사람이 들락날락하는 시간을 알려 주고 싶지 않아서 보통은 현관이나 밖에서 창이 보이는 곳의 불은 끄지 않고 다닌다. 겉에서 보기에 우리 집은 언제나 환하지만, 현관문을 열고 들어서면 또 의외로 어두컴컴하다. 집 안을 간접조명으로 채우고 있고 조도도 어둡게 맞추고 있기 때문이다.

옅은 불빛이 있는 집 안으로 들어서는 순간, 시간과 상관없이 밤이 시작되는 기분이다. 텔레비전도 인터넷도 없는 절간 같은 집엔 시간이 명확하게 보이는 시계도 없다. 세상과 떨어진 우주 같은 공간에서 시간을 가리지 않고 깊은 밤 같은 기분으로 느긋하게 유영하는 삶을 산다.

그런 공간에서의 늦은 밤 차 한잔은 늘 행복한 시간이다. 커피처럼 진한 맛은 없지만 그때그때 기분에 따라 골라 맛을 보고 향기를 즐길 수 있는 따뜻함이 있다. 오늘은 스페인을 여행하고 온 손님에게 받은 카모마일 티를 열었다. 꿀이 들어 있어 달달한 느낌이 가득 느껴지는 맛있는 티백이다. 아주 진하고 맛 좋은 사과즙 같은 기분이 들기도 한다.

긴장을 풀어 주고 신경을 안정시켜 편한 밤으로 인도하는 카모마일의 효능은 밤이 되면 더 빛이 나는 것 같다. 부드러운 오월이는 곁에 없지만 동그란 오월이의 눈을 닮은 달이 하늘을 채우고 있다. 그 달빛처럼 은은한 '빛나는 깊은 밤' 캔들이 지금의 짝꿍이다. 누구라도 오늘의 나처럼 부드럽고 달콤한 밤을 보낼 수 있도록 카모마일의 향을 입힌 다양한 것들을 소개하고 싶다는 고민을 하면서 깊은 밤이 더 깊어 간다.

잘 먹고
나를
잘 돌보도록,

그레이프프루트 —— **Grapefruit**

밖에서 밥을 사 먹는 일보단 집에서 천천히 요리를 하고 맛을 보는 시간을 가지려고 노력한다. 하지만 혼자 살기 때문인지 신경 쓰지 않으면 잘할 수 없는 일이기도 하다. 잠깐이라도 긴장을 놓으면 내내 집에서 밥을 한 숟가락도 못 뜨는 날들의 연속이 되고야 만다. 내가 바쁘면 쉽게 나를 놓게 된다. 그러지 않으면 좋겠다고 마음먹지만 내 마음과 몸과 머리는 제각각의 방향성을 가지고 있어 서로 만나기가 쉽지 않다. 빈 밥통과 쓰레기통 가득 쌓인 라면 봉투를 물끄러미 보다가 갑자기 바닥에 눌어붙은 기운을 박박 긁었다.

이유도 없이 바빠진 시기라 분명 내일도 모레도 바쁘다는 핑계로 내 몸을 챙기지 않을 것이다. 시간이 없다는 핑계를 대면서 적당한 것들로 배를 채울 것이다. 배가 고프지만 않으면 되지, 하고 안심할 테고 그나마 한 끼라도 챙겨 먹은 것이 어디냐 위안 삼을 것이다. 나와 멀어지는 그런 순간들이 생길 것이다.

반찬까지 할 기운은 없어 한 그릇의 든든한 밥을 짓기로 했다. 살피지 않은 야채 통엔 시들어 가는 가지가 들어 있었다. 생기와 탄력을 잃은 그 가지가 마치 나 같아서 서글퍼졌다. 가지를 썰어 파 기름에 살짝 볶고 간장을 더했다. 잘 씻은 쌀에 평소보다 작은 물을 넣고 그 위에 가지를 차곡차곡 얹었다. 박박 긁어낸 기운은 밥을 짓는 일로도 오늘은 벅차다고 말하고 있었다. 그저 따뜻하고 배부른 한 끼가 필요했다.

밥이 되는 것을 기다리면서 찻물을 끓였다. 너무 굶주린 기분으로 급하게 배를 채우지 않고 싶었다. 급할수록 천천히 해야 한다고 속으로 중얼거린다. 가끔 혼잣말 같은 중얼거림은 행동의 속도를 조절할 수 있게 한다. 뜨거운 물로 티팟을 데우고 찻잔을 데운다. 조급해질 땐 천천히 차를 마셔야 한다. 부드럽게 마음에 브레이크를 걸어야 한다.

오늘의 차는 말린 그레이프프루트가 가득 들어 있는 로네펠트의 홍차다. 상큼한 그레이프프루트가 입맛을 돋운다. 천천히 배부르게 밥을 먹을 수 있는 몸으로 만들어 준다. 온도를 맞춘 물에 차를 우리면서 냉침병에도 물과 차를 채웠다. 천천히 시간이 흐르는 동안 차가운 물에 차가 잘 우러날 것이다. 내일 아침이 되면 새로운 기분으로 시원하면서도 상큼함이 깊어진 또 다른 맛의 차를 마실 수 있게 될 것 같다.

모든 일엔 시간이 필요한데, 마음이 급해서 그걸 자꾸만 잊어버린다. 자기를 잘 돌보는 것도 중요한데, 별것 아닌 것들이 중요한 것을 덮는다.

힘든 마음이 펴질 수 있게

17세기 초 서인도 제도에서 처음으로 발견되었다고 알려진 그레이프프루트(grapefruit)는 흰색의 향기로운 꽃을 피우는 상록수과에 속한다. 포멜로(pomelo) 열매에서 돌연변이로 발생한 것으로 알려져 있고, 그레이프프루트라는 이름은 마치 포도송이 모양으로 열매를 맺는 데서 유래했다고 한다.

그레이프프루트는 상쾌하고 신선한 향이 난다. 과피에서 추출하므로 자몽 껍질을 벗길 때 퍼지는 향기를 상상하면 된다. 쓴맛과 단맛이 함께 있는 상쾌한 감귤류다. 기분이 무겁고 의기소침한 날에 어울리는 에센셜 오일 중 하나다. 향기만 맡아도 자율신경계를 자극해 기분 전환에 효과가 있고, 자신감과 활력을 되찾아 준다. 레몬 오일과 비슷한 효과를 가지고 있다. 이미 과식을 해서 소화가 안 될 때도 그레이프프루트가 도움이 된다. 리모넨이라는 성분이 들어 있어 소화기관의 움직임을 촉진하기 때문이다.

스트레스에 치여 자극적이고 매콤한 것에 자꾸 손이 갈

때, 무엇을 먹어도 왠지 의욕이 없을 때, 그레이프르루트 에센셜 오일이 함유된 캔들에 불을 붙이거나 공간에 향기를 확산시키면 스트레스를 줄이는 데 도움이 된다. 가벼운 스위트 오렌지, 베르가모트, 시나몬리프와 함께 블렌딩한 오일은 '잘가, 스트레스'라고 이름 붙였다. 가볍게 확산되는 가벼움이 스트레스를 잊도록 기분 좋게 간질거려 주는 것 같다.

회사를 다니는 것이 너무 힘들다고 말하는 친구와 가볍게 그레이프프루트 샐러드를 먹으며 서로를 다독였다. 매일 매일이 똑같고 무능력한 것 같은 우울한 감정에 빠진다는 친구에게 "매일 아침 침대에서 억지로 몸을 일으켜서 정해진 시간까지 회사로 출근을 한다는 것, 그리고 그걸 하루도 빠뜨리지 않고 반복한다는 것이 너무나도 대단한 일 같아."라는 솔직한 내 마음을 전했다. 출근과 퇴근, 야근과 특근을 견딜 수 없고 사람에게 치이는 일이 너무도 힘들어 결국 회사 밖으로 나온 나는 회사로 출근하는 친구들을 정말 대단하다고 생각한다. 꼬박꼬박 일터로 나가는 친구들을 늘 마음으로 응원한다. 매일의 전투를 잘 버텨낼 수 있게 그들의 스트레스를 새큼한 향으로 잘 보듬어 주고 싶다.

한참 뒤에 다시 만난 친구는 아주 가끔 내가 해준 말이 생각이 난다고 했다. 그래서 또 어떻게든 버티면서 회사를 다니고 있다고 했다. 그렇게 가끔 힘이 되어 주고 싶다. 일상을 잘 살다가 가끔 숨이 가빠질 때 떠오르는 별것 아닌 말을 해 주고 싶고, 구겨진 마음이 펴지는 가벼운 향을 안겨 주고 싶다.

나와 마주 앉아 나를 나눈다

냉이가 너무 맛있는 계절이라고, 지금 오면 냉이를 정말 맛있게 먹을 수 있다고 해서 시골로 차를 몰았다. 발길 닿는 곳마다 냉이가 가득이라고 하는데 아무리 발아래를 유심히 보아도 냉이가 무엇인지 알 수 없었다. 가만히 생각해 보니, 도시에서 태어나고 도시에서 자란 나는 땅에서 냉이가 자라나는 것을 한 번도 관찰해 본 적이 없었다. 잘 씻어져 포장된 냉이를 마트의 채소 코너에서 만날 뿐이었다. 거미줄처럼 이파리를 잘 펴고 바닥에 바짝 붙어 있다는 냉이를 분간하는 데만 꽤 오랜 시간을 들였다. 비슷한 색을 입고 서로 닮은 듯한 이파리들이 지천에 솟아 있었고, 진짜 냉이는 오히려 흙과 색이 비슷해 몸을 잘 숨기고 있었다.

한참이나 바닥으로 고꾸라질 듯이 냉이를 관찰하고, 깊은 뿌리를 잘 뽑고, 흙을 털고 냄새를 맡았다. 약간 쌉쌀한 듯한 시원한 냄새가 났다. 당장이라도 뜨거운 밥 한 그릇 먹고 싶은 마음이 도는, 입맛이 살아나는 듯한 향이었다. 전혀 다르지만 마치 그레이프프루트 같았다. 계절에 맞게 땅 위에서 솟는 모든 것들은 모양도 향도 다르지만 기분 좋게 입맛을 돋워 주는 그레이프프루트를 닮았다.

흐르는 개울물에 냉이를 씻었다. 냉이는 씻고 다듬는 일이 노동이라는 말에 웃음이 나왔다. 그렇지 않은 나물이 어디 있는가 싶었다. 씻어내는 지금 막 씹어 먹어야 달고 맛있다는 말에 바로 입으로 가져갔다. 쌉쌀한 맛 뒤에 달콤함이 밀려왔다. 입 안 가득 상큼함이 차올랐다.

이날의 냉이는 생으로 먹고, 막걸리 안주로도 먹고, 된장찌개로도 먹었다. 그래도 남은 냉이를 잘 챙겨와 친구들과 나누고 냉이 파스타를 해 먹으면서 겨울의 끝을 만끽했다. 냉이를 시작으로 각종 봄나물이 흙을 뚫고 솟아나 입맛을 돋게 할 것이다.

계절에 맞는 먹거리들이 눈앞에 보이면 땅을 가까이하며 시골에서 농사를 배우는 친구가 떠오른다. 씨앗을 뿌리고 정성껏 가꾸는 농작물들을 기록해 놓은 그녀의 농사 일기가 생각난다. 제철에 나오는 식재료들을 잘 챙겨 꾸러미를 만드는 일을 하기도 하는데, 혹여나 그 귀한 작물들이 게으름 가득한 우리 집으로 와서 상하거나 버려질까 한 번도 받아 보지는 못했다. 대신 시골의 친구 집을 찾아 귀한 밥상을 함께 나누었다.

한 끼 식사를 준비하는 시간엔 그 친구를 떠올리면서 마음을 다잡는다. '제때 밥을 잘 먹기, 제철에 나오는 식재료들을 잘 챙기기, 밥 먹는 일을 소홀히 하지 않기.'라고. 언젠가 부지런하게 때를 놓치지 않은 밥상을 잘 차릴 수 있을 때가 와서 친구의 귀한 꾸러미를 받아볼 날이 오면 좋겠다. 농작물 꾸러미는 아니지만 가끔 깊은 밤, 친구의 곁에 둔 캔들에 불이 붙을 때 오는 소중한 연락이 우리만의 꾸러미다.

내 인생의 가장이 나라는 것을 잊지 않는다. 나는 내가 가장 잘 챙겨야 한다. '한 그릇의 밥'을 소중하게 생각해야 한다. 든든한 음식을 잘 챙겨 먹는 날엔 마음도 함께 든든해진다. 그것 또한 위안이다. 남들이 모르는 나의 모습과 마주 보고 앉아 무엇이든 나눌 시간을 잘 가진다. 어떤 때든 의식주를 제대로 챙기는 사람이 가장 강한 사람이라고 생각한다. 강한 사람이 되고 싶다. 바쁜 오늘일지라도 잊지 말아야지. 그리고 그 시간에 어울리는 적당한 향을 어떤 형태로든 곁에 두고 싶다.

마음의 상처를 잘 보듬고 싶을 때,

팔로산토 —— Palo santo

이제는 그런 놀이를 할 나이가 아니지만, 숨바꼭질을 하면 일등을 할 것 같다. 나는 도망가는 것을 잘하는 사람이다. 달리기를 잘하는 게 아니라 마음으로 숨는 일을 잘한다. 숨기는 일도 잘한다. 힘든 일이 생기면 그 마음을 꽁꽁 잘 싸매서 마음속 어딘가의 서랍을 잘 넣어 둔다. 늘 넣어 두는 일에 익숙해서 꺼내 두어야 할 좋은 일이 생겨도 무심코 넣어버린다. 잘 넣어 두어야지 다짐하며 서랍을 열쇠로 잠그고는 열쇠도 잃어버린다.

한번 잠긴 기억의 서랍을 여는 일이 쉽지 않다. 다신 열지 않겠다고 너무 잘 닫아 놓기 때문이다. 좋은 일도, 슬픈 일도, 힘든 일도 금세 잊고 기억하지 못하는 사람이다. 얕은 기억력으로 아픈 현실을 자꾸 외면하고 도망치려 한다. 해탈한 것같이 스트레스를 받지 않는 사람처럼 보이는 것은 기억하지 않기 때문이다.

"그때 너 정말 바쁘고 힘들었잖아." 하는 말에도 "내가? 내가 언제? 모르겠는데…."라고 말하게 된다. 상처를 쓰다듬는 일을 기억하지 않는 일로 잘 치환해버린다.

하지만 다른 사람의 상처는 더 잘 보듬어 주고 싶어진다. 가까이 있는 사람의 표정을 살피고 분위기를 읽는다. 마주 보고 있는 사람의 기분에 내 기분을 동기화시킬 때도 많다. 내 상처는 잘 잊고 타인의 상처엔 집중하곤 한다. 다른 사람의 상처를 어떻게 향으로 잘 치유해주지, 하고 고민하는 사람이다.

상처를 떠올리면 함께 생각이 나는 독특한 향의 나무가 있다. 유창목이라고도 불리는 팔로산토(palo santo)이다. '상처를 치료해 주는 나무'라는 뜻을 가지고 있다. 영어권에서는 생명나무(lignum vitae), 녹색 심장(green heart), 성스러운 나무(holy wood) 등으로도 불리며 귀하게 여겨지는 나무이다.

오래된 나무의 심재에서 추출하는 에센셜 오일은 달콤하고 묵직하며 강한 나무 향이 많이 난다. 추출한 오일은 향수 원료로도 쓰이지만 에센셜 오일보단 나무 그 자체의 향으로 더 많이 쓰인다. 나무를 인센스로 쓴다는 말이다. 매콤함이 스치는 팔로산토 인센스는 그냥 지나쳐버릴 수 있는 상처와 감정들을 보듬을 수 있게 해 준다. 어둡고 아픈 마음의 공기를 아무 말없이 따뜻하게 안아 준다. 매운 연기가 불투명한 안개를 만들어 단단한 보호막이 되어 주는 것 같다.

향의 힘을 믿어요

이가 나갔지만 예뻐서 버리지 못한 접시 위에 팔로산토 나뭇조각 하나를 올렸다. 스머징(smudging)이라는 말이 있다. 향을 피운다는 말의 또 다른 표현이고, 공간을 채운다는 말로도 대신할 수 있다. 스머징으로 팔로산토 나무를 천천히 태운다. 스틱 끝에 오랜 시간 불을 충분히 붙이고 불꽃이 천천히 잦아들어 연기가 나도록 기다린다. 연기가 금방 멈춰버리지 않도록 나무 스틱에 충분히 불이 스며드는 것이 중요하다. 그렇게 퍼지는 연기가 공간을 채울 때까지 기다리면 된다.

전통적인 스머징 방법은 스틱에 불을 붙여 손에 든 조개껍질 위에 두고, 다른 손으로 깃털을 사용해서 연기를 원하는 공간에 구석구석 흩어 주듯이 뿌려 주는 것이라고 한다. 전통처럼 꼭 조개와 깃털일 필요는 없고 연기를 잘 퍼트리지 못해도 괜찮다. 진짜 스머징은 좋아하는 아이템으로 내 공간에 향을 잘 채우는 것이라고 믿는다.

불빛 없이 향으로 공간을 채울 수 있는 아이템이 많이 있다. 스틱이나 콘이 기본적인 인센스라면 팔로산토처럼 독특한 형태의 인센스도 있다. 로프 인센스(rope incense)라고 부르는, 종이에 가루 향을 담아 천천히 꼬아서 끈처럼 만드는 형태도 있다. 통통한 꽈배기처럼 꼬인 형태에서 진한 향기가 풍부하게 부풀어 오른다.

스머지 스틱도 있다. 말린 허브를 통통하고 동그랗게 끈으로 잘 말아 묶어 놓은 것이다. 새로운 공간에 걸어 두는 것만으로도 향기가 공간을 채우지만 스틱에 불을 붙이고 그 연기를 즐기는 것도 색다르다. 특히 화이트 세이지로 만든 스머지 스틱은 과거 아메리카 원주민들이 내적 정화 및 영적 치료법 중 하나로 사용했다. 자연에서 얻을 수 있는 것들로 몸과 마음의 고통을 씻어내기 위해 사용했다. 새로운 지역으로 이사 가면 그곳에 들어가서 제일 먼저 세이지를 태우는 의식을 했으며 그것이 공간과 내면의 부정한 기운을 없애는 방법이라 믿었다. 향의 힘을 믿었던 것이다.

향이 몸 주위에 혹은 내 공간에 자연스럽게 스미게 하는 방법은 의외로 간단하다. 앞서 나열한 여러 가지 형태의 인센스들을 방 안에 두고 스머징을 하면 된다. 불빛을 좋아하는지, 향기를 좋아하는지, 강한 연기로 즐기고 싶은지, 연한 느낌으로 남기고 싶은지 본인의 취향을 잘 파악해야 한다. 나를 잘 알아야 나에게 꼭 맞는 것으로 공간을 채울 수 있다. 나는 주로 향 트레이를 두고 이런저런 아이템을 준비해 둔 다음에 다양한 형태의 인센스나 캔들 중에서 그날 가장 마음에 닿는 것으로 고른다. 침대나 소파 곁엔 꼭 캔들과 패브릭 스프레이를 함께 둔다.

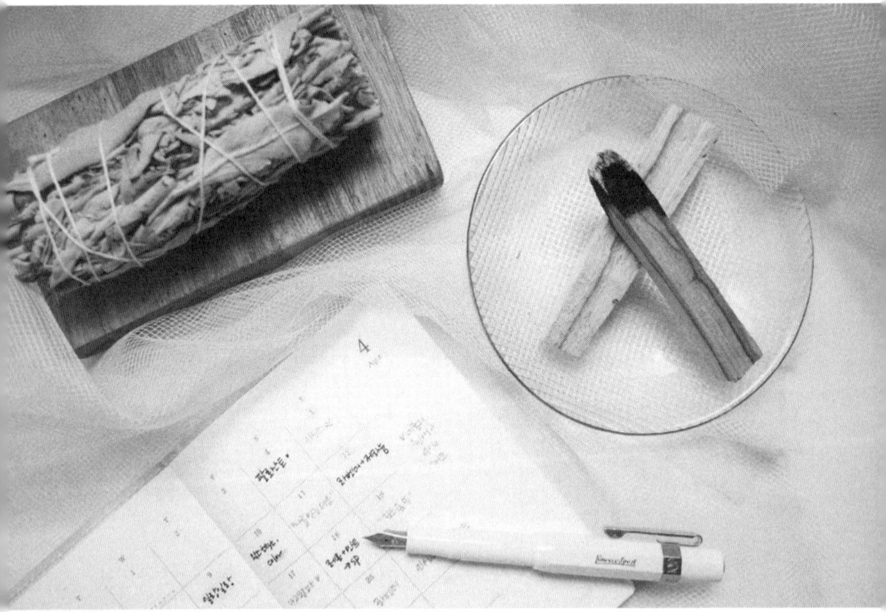

KOJURIN
INCENSE STICK

이것도 저것도 취향이 아니라면 방 안 스탠드 주위에 향수를 뿌리는 방법을 권해 보고 싶다. 따뜻한 공기에서 더 잘 발산하는 향수의 특성 덕분에 스위치를 켰을 때 향이 방 전체로 낮게 퍼지게 된다. 티 나지 않을 정도의 미미한 느낌을 원한다면 거의 다 사용한 향수를 집 안 구석에 한두 방울씩 떨어뜨리면 된다. 혹은 침대 시트나 베갯잇, 커튼 안자락 등에 뿌리거나 빈 향수병을 버리지 않고 옷장 안에 넣어 두면 은은한 향이 적당히 배어들어 자신도 모르는 사이에 체취처럼 인식된다.

내 공간에 향을 채우는 것은 내 마음에 향을 채우는 것과 같다.

오늘을 잘 기억하고 살피기

친구들과 가장 어렸을 때의 기억이 언제쯤인가 하는 이야기를 나눈 적이 있다. 기억을 잘 지우는 것은 어린 아기였을 때부터의 습관인지, 내 어린 날들이 도통 기억이 나지 않아 당황했다. 기억을 더듬고 더듬어 만난 오래전의 기억은 갈대가 많은 동네의 작은 집에서 살던 어린 날의 나다. 이제 막 개발이 시작되던 그 작은 집엔 연탄의 매운 내음이 가득했다.

거기서부터 드물게 단편적인 기억이 시작된다. 온종일 글을 읽어 달라고 책을 든 채 엄마를 괴롭혔던 나의 모습이 생각난다. 엄마를 조르고 졸라 친구들이랑 갈대밭에서 뛰어놀다 온몸에 두드러기가 올라온 기억이 있고, 집에 딸린 좁디좁은 다락을 방으로 삼겠다고 고집을 부렸던 어린 내가 있다. 하지만 왠지 그 어떤 기억도 선명하지 않다. 선명한 기억을 떠올려 보라고 하기엔 최근의 기억들도 늘 안개 속에 숨겨져 있는 편이니, 아무리 봐도 나는 기억과는 거리가 먼 사람에 가깝다.

어린 날의 나는 어떤 나날들을 보내고 있었을까. 어떤 슬픔이 있었고, 그 슬픔을 어떻게 보듬었는지가 궁금했다. 창고에 물이 차는 바람에 버려진 어린 날의 일기장이 그리울 때가 있다. 하루하루 기록하는 일기의 소중함이 생각나는 순간들이 있다.

나는 매년 다이어리를 잘 사고 일정을 체크하지만 내 마음의 이야기를 기록하는 것은 서투르다. 기록의 힘을 믿으면서도 기록하는 일에 게으르다. 어떻게 하면 마음의 이야기를 간단하게 기록할 수 있을까를 고민하고 있는데, 친구가 오늘의 기분을 무드 트래커(mood tracker)로 기록하고 있다고 알려주었다. 친구의 다이어리 속 칸칸이 정리된 하루가 색색의 기분으로 잘 채워지고 있었다.

긴 글을 쓰지 못한다면, 짧은 한 줄도 버겁게 느껴진다면, 이렇게 색과 모양으로 오늘을 기록하는 것도 좋을 것 같았다. 나도 친구처럼 순간의 기록을 잘하는 사람이 되고 싶다, 라는 생각이 팔로산토 연기가 방 안을 가득 채워 매캐하고 묵직했던 순간에 머릿속을 스쳤다. 막 다이어리 오늘의 칸에 팔로산토를 기입한 찰나였다. 오늘 손이 닿았거나 생각이 났던 오일이나 향기를 체크해야지. 그렇게 매일매일 칸칸이 쌓인 향기는 나만의 무드 트래커가 되어 줄 것이다.

슬프고 힘들었던 날엔 팔로산토처럼 묵직하고 강한 향이, 기분이 좋은 날엔 가벼운 시트러스 계열의 향이, 무탈하고 평온한 날엔 연한 꽃향기가 생각난다. 곁에 있는 향기들로 정직하게 모든 감정을 기록하는 사람이 되고 싶다. 내 감정을 기록하는 것은 다른 사람에게 인정받고 싶은 것도, 동의를 얻기 위한 것도 아니라 스스로 자유로워지기 위한 것이니까.

감정이 다칠까 봐 방어만 하지 않고, 잘 보듬고 기억하기 위해서는 때때로 마음을 여는 것이 필요하다. 힘이 들거나 마음이 아프면 지금까지처럼 서랍에 넣고, 잊고, 가끔은 잃어버리기도 하겠지만 혹시나 천천히 되돌아보고 싶은 날들을 위해 그곳을 여는 작은 열쇠만은 잃어버리지 않아야겠다 다짐했다.

참고 서적

살바토레 바타글리아, 『살바토레의 아로마테라피 완벽 가이드』, 권소영 · 김성은 · 김은정 옮김(현문사, 2008)

줄리아 로리스, 『아로마 에센셜 오일 백과사전』, 한국아로마협회 옮김(현문사, 2002)

송환 · 허정록 · 홍재기 · 이성내 · 이계영 · 이동자, 『생활 속의 아로마테라피』(형설라이프, 2012)

와다 후미오, 『누구나 쉽게 배우는 아로마테라피 교과서』, 임정희 옮김(이아소, 2013)

최영전, 『자연이 준 신비로운 향기: Herbs 대사전』(예가, 2008)

임원철, 『당신의 향수, 찾으셨나요?』(아트북스, 2009)

이시하라 유코, 『아로마테라피』, 김영숙 옮김(우듬지, 2004)

김연주, 『그림으로 배우는 아로마테라피』(군자출판사, 2018)

김선미 · 김경란 · 김란 · 김봉인 · 김선옥, 『아로마테라피 이론 및 실제』(정문각, 2013)

카즈 힐드브란드, 『HERBARIUM_허브』, 차유진 옮김(페이퍼스토리, 2017)

레베카 L. 존슨 · 스티븐 포스터 · 티어로나 로우 독 · 데이비드 키퍼, 『메디컬 허브 백과』, 김영미 옮김(스타일조선, 2015)

송인갑, 『후각을 열다』(청어, 2012)

조태동 · 송진희, 『허브 이야기: 향기의 역사와 웰빙 노하우』(살림출판사, 2005)

제갈영 · 손현택, 『베스트 허브 식물 이야기』(지식서관, 2012)

다이앤 애커먼, 『감각의 박물학』, 백영미 옮김(작가정신, 2004)

모든 순간의 향기

서른 개의 향과 서른 개의 마음

발행일　2020년 8월 27일 초판 1쇄
지은이　김민경
편집　박성열, 정혜인
디자인　김진성
일러스트　이로우
사진　김민경
인쇄·제본　상지사P&B

발행인 박성열
발행처 도서출판 사이드웨이
출판등록 2017년 4월 4일 제406-2017-000041호
주소 경기도 파주시 노을빛로 101-20, 202호
전화 031)935-4027　팩스 031)935-4028
이메일 sideway.books@gmail.com

ISBN 979-11-963491-6-5 03810